태
화
산

편
지

2

태화산 편지 2

초판 인쇄 2016년 10월 1일
초판 발행 2016년 10월 5일

지은이 한상도
펴낸이 박성모
펴낸곳 소명출판
　　　출판등록 제13-522호
　　　주소 서울시 서초구 서초중앙로6길 15, 1층
　　　전화 02-585-7840
　　　팩스 02-585-7848
　　　전자우편 somyungbooks@daum.net
　　　홈페이지 www.somyong.co.kr

값 22,000원
ⓒ 한상도, 2016
ISBN 979-11-5905-113-5　03800

태화산 편지 2

한상도

소명출판

태화산 연가

살어리 살어리랏다. 태화산에 살어리랏다.
부귀도 명예도 버리고 태화산에 살어리랏다.

봄이면 나물을 뜯고, 여름이면 가재를 잡고,
가을이면 약초를 캐며 님과 함께 살어리랏다.

(겨울이면 피는 하얀 꽃, 타닥타닥 타는 장작불.
노릿노릿 익는 고구마, 님과 함께 살어리랏다.)

어화둥둥 내 사랑아, 태화산에 살고 지고
어화둥둥 우리 남은 인생, 구름 속에 살고 지고.

앞에는 남한강, 뒤에는 소백산맥
산과 강이 어우러진 별유천지, 태화산에 살어리랏다.

지난해 『태화산 편지』 발간 후 또 일 년이 지났습니다. 그동안 제게도 많은 변화가 있었습니다. 초보의 티를 벗고 구릿빛 얼굴의 어엿한 농부가 되었고, 제가 재배를 시작한 어수리도 많이 알려지고 확산되었습니다. 김삿갓면 나아가 영월군의 새로운 특화음식으로 개발 중인 어수리밥상도 여기저기 소문이 나기 시작했고, 맨땅에서 시작한 김삿갓협동조합도 조금씩 기반을 갖춰 나가고 있습니다.

그보다 더 중요하고 의미있는 일도 있었습니다. 「태화산 편지」를 통해 마음을 주고받던 님들과의 만남이었습니다. 지난해 가을 '김삿갓 투어'를 시작으로 몇몇 기회를 통해 카친 페친 밴친님들과 만남을 가졌고, 이내 이웃이나 친지처럼 가까워졌습니다. 「태화산 편지」를 통해 서로 가슴을 내보이며 교류한 덕분이었습니다. 불과 1~2년 전만 해도 생면부지의 남남이었는데 이제는 스스럼없이 속을 내보이고 고민을 나눌 수 있는 절친이 되었습니다.

모두가 우리 농업과 농촌이 위기라고 말합니다. 귀농 후 3년 동안 제가 보고 느낀 것 또한 다르지 않습니다. 국제화 개방화에 따른 무한경쟁과 가격폭락……. 도무지 길이 보이질 않습니다. 하지만 위기危機라는 말 속에는 위험危險과 기회機會의 의미가 함께 내포되어 있습니다. 위기 속에서도 위험을 보면 위험이 되지만 기회를 보면 오히려 기회가 될 수 있습니다.

우리 농업과 농촌이 직면한 위기 속의 기회. 저는 그것을 '관계'라 생각했습니다. 거래가 아니라 '관계'가 우선인 생산자와 소비자. 생비자 관계를 농산물을 팔고사는 거래관계가 아니라, 농산물을 매개로 정을 주고받는 인간관계로 만드는 것. 그렇게 해서 거래를 목적이 아니라 수단으로 만들어 버리는 것. 그것이 바로 제가 생각하는 농업과 농촌의 기회요 활로입니다. 님과 제가 「태화산 편지」를 통해 만들어가는 것 또한 바로 그것입니다.

물론 이제 시작이고 가야 할 길은 멀고도 험할 것입니다. 그래도 방향을 보고 길을 잡았으니 머뭇거리고 주저하지 않을 것입니다. 그 '관계의 힘'을 바탕으로 농업과 농촌의 활로를 여는 데 작은 불씨라도 되겠습니다. 님께서도 동행해 주시리라 믿어 의심치 않습니다.

      *   *   *

『태화산 편지』 출간 이후의 1년. 똑같은 사계절이 반복된 것 같지만 그렇지 않습니다. 올해 가을은 분명 지난해 가을과 다르고, 내년의 가을은 또 올해의 가을과 다를 것입니다. 그 안에서 벌어지는 자연과 생명의 현상 또한 마찬가집니다. 매년 똑같은 꽃이 피었다 지고 똑같은 단풍이 들었다 떨어지는 것 같지만 알고 보면 조금씩 다 다릅니다. 그래서 자연과 생명의 이야기는 끝이 없습니다. 우리 인생이 그런 것처럼 말입니다. 그렇게 1년여 동안 보고 느낀 자연과 인생의 이야기를 이번에는 월별로 엮었습니다.

녹색갈증biophilia이라는 말이 있습니다. 인간의 DNA에는 자연과 생명에 대한 갈증이 녹아 있어 사람은 다 본능적으로 자연을 그리워하고 찾게 된다는 것입니다. 근래 들어 하나의 트렌드로 자리잡은 귀농귀촌현상 또한 그와 무관하지 않을 것입니다. 바쁜 일상에 쫓겨 녹색갈증에 시달리는 분들에게, 귀농귀촌을 꿈꾸지만 선뜻 엄두를 내지 못하는 분들에게 이 책이 작은 위안이 되고 희망이 되었으면 좋겠습니다.

지난해 발간한 『태화산 편지』가 회사 경영에 별 도움이 되지 못했는데도 불구하고 두 번째 이야기의 출판까지 맡아 주신 소명출판 박성모 사장님께 감사드리며, 정성을 다해 멋진 책을 만들어 주신 공홍 부장님과 관계자 분들께도 고맙다는 말씀을 드립니다. 아울러 매일 아침의 편지에 좋은 기운으로 화답해 주신 카친 페친 밴친 님들, 낯선 저를 믿고 뜻과 힘을 모아주신 김삿갓 주민들과 조합원 님들, 그리고 옆에서 묵묵히 자리를 지켜준 아내와 아들 얼에게도 고맙다는 말을 전합니다.

2016년 10월 태화산 자락에서

한 상 도

차례

1월

"소나무"

산중에 눈 내리니 온세상이 하얗다만
네 홀로 독야청청 푸르름을 지켜내니
사시사철 함께할 벗은 너뿐인가 하노라.

별마로 천문대

영월의 주산인 해발 8백 미터의 봉래산,
그 꼭대기에 있는 별마로 천문대입니다.
새해 첫날 가족과 함께 읍내에 나왔다가
알 수 없는 기운에 이끌려 차를 몰고 올라왔습니다.

대낮인데다 날까지 흐려
하늘의 별은 보지 못했지만
천문과 관련된 각종 전시물을 둘러보며
별에 대해 많은 생각을 했습니다.

별.

어렸을 때는 무척 가깝고 친근한 단어였습니다.

마당에 멍석 깔고 누우면 머리 위로 쏟아지던 별.

저 별은 나의 별, 저 별은 너의 별 하며

밤하늘의 별을 헤다 스르르 잠이 들었고,

그런 날에는 꿈속에서도 별나라 여행을 떠났습니다.

그만큼 별은 일상의 한 요소였습니다.

하지만 나이가 들면서 별과 멀어졌습니다.

먹고 사는 데 급급해 쳐다볼 여유가 없었고,

어쩌다 한번 생각이 나 쳐다봐도

불야성의 조명에 가려져 제대로 보이지 않았습니다.

더불어 꿈도 동경도 사라졌습니다.
별을 보며 가슴에 새기던, 별처럼 빛나던 동경.
그 가슴 뛰던 설레임 또한 거품처럼 가라앉았습니다.
별이 사라진 사회, 별 볼 일 없는 내가 되었습니다.

'별이 정말 이렇게 많단 말인가?'
비록 전시된 조형물이지만
형태를 이뤄 빛나는 수십 개의 별자리를 보고 있으니
별을 헤던 어린 시절의 기억이
별처럼 반짝반짝 빛을 내며 다가옵니다.

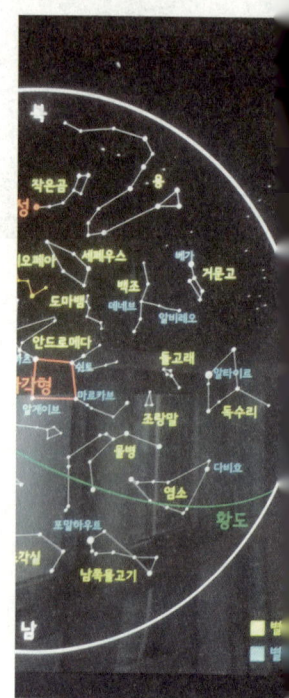

다행히 제가 사는 태화산에는
불야성을 이루는 네온사인도 없으니
가끔씩 베란다 탁자에 누워
북극성이라도 찾아봐야겠습니다.

새롭게 밝아온 병신년 새해는
가끔씩 밤하늘의 별을 올려다 볼 수 있는,

그 중에 하나는 가슴에 따 담을 수 있는,

그래서 별 볼 일이 많아지는,

그런 한 해가 되었으면 좋겠습니다.

자작나무

별마로천문대를 오르다 잠시 차를 멈췄습니다.
하늘을 향해 쭉쭉 뻗은 늠름한 모습에 새하얀 빛깔,
귀공자처럼 수려한 저 자작나무 숲을
어떻게 그냥 지나칠 수 있겠습니까?

솔직히 여름에는 잘 몰랐습니다.
나무마다 잎과 열매가 풍성하고 화려해
특별히 눈에 띄지 않았습니다.
잎도 열매도 다 떨어진
나목裸木의 계절이 되고 보니
비로소 자작나무의 진면목을 알게 되었습니다.

잎과 열매의 무성함은 여름 한철이니
그것을 나무의 본모습이라 할 수는 없습니다.
잎도 열매도 다 떨어진 한겨울의 나목.
어쩌면 그것이 나무의 참모습인지 모릅니다.

그렇듯 나무는 여름과 겨울이 많이 다릅니다.
여름에는 화려하고 풍성한 잎으로 위세를 떨치지만
한겨울의 나목은 초라하기 그지없습니다.
앙상하게 웅크린 가지에 거무튀튀한 색까지,
그토록 멋지고 늠름하던 나무의 실체가 고작 저것인가,
의구심이 들기도 합니다.

하지만 저 자작나무는 아닙니다.
치장을 벗어던진 겨울에도 변함이 없습니다.
잎도 잎이지만 나목 또한 멋지고 아름답기 때문입니다.
제가 자작나무를 좋아하는 이유입니다.

사람 또한 마찬가지가 아닌가 싶습니다.
사회적 지위나 신분으로 인해 빛이 나지만
그것이 아니면 초라하고 볼품도 없는 사람이 있는 반면,
그 모든 걸 다 벗어던진 맨몸이 되어도
충분히 아름답고 빛이 나는 사람이 있습니다.
저 자작나무처럼 말입니다.

저 또한 그런 사람이 되고 싶습니다.
잎이나 열매가 풍성하고 아름다운 것도 좋지만
그것이 없더라도 보기 싫고 부끄럽지 않은,
저 자작나무 같은 사람 말입니다.

새해 첫날 봉래산을 오르며 되새긴
또 하나의 다짐입니다.

견딤

새해도 되고 해서
모처럼 밭을 둘러보는데 눈에 띄었습니다.
얼어붙은 두둑에서 몸을 웅크린 채
한겨울의 추위를 고스란히 견디고 있는 저 와송이.

주위를 둘러보니 와송뿐이 아닙니다.
노란 꽃잎이 남아 있는 민들레도,
이름을 모르는 또다른 잡초도 마찬가집니다.
함박눈이 쏟아지고 칼바람이 불어와도
바닥에 납작 엎드려 묵묵히 견뎌내고 있습니다.

'그렇구나,
저것이 추위에 대처하는 저들의 방식이구나……'
잠시 걸음을 멈추고 바라보고 있자니
저도 모르게 고개가 끄덕여졌습니다.

그렇습니다.

저들은 애써 추위를 이기려 하지 않습니다.
눈보라를 떨쳐내고 칼바람을 이겨내려고
몸을 일으켜 털거나 맞서지 않습니다.
그저 묵묵히 참고 견딜 뿐입니다.

추위란 맞서 싸울 게 아니라 참고 견디는 것임을,
그러다 보면 제풀에 지쳐 물러가고 봄이 올 것임을
오랜 경험을 통해 알았기 때문일 것입니다.

상처나 고통에 대한 우리의 대응 또한
어쩌면 저리해야 하지 않을까 싶습니다.

힘들다고, 고통스럽다고,
어떻게든 벗어나려 이를 악물고 맞서면
수렁 속으로 빠져들듯 점점 더 깊게 도질 뿐이니까요.

살다 보면 누구나 크고 작은 상처를 받고
고통의 시간 또한 경험하게 마련입니다.
저 또한 예외가 아닐 것입니다.

그럴 때면 이제부터 저 와송을 떠올리겠습니다.
어떻게든 떨치고 일어나겠다, 발버둥치는 대신
묵묵히 참고 견디겠습니다.
그러면 상처는 제풀에 지쳐 아물고
고통 또한 스스로 가라앉을 것이니까요.

그것이 바로 저 와송이 가르쳐 준,
상처와 고통을 넘어서는 비법일 것이니까요.

바람

어제는 하루 종일 바람이 불었습니다.
윙윙 소리까지 내며 세차게 몰아치는 바람에
누렇게 마른 억새풀마저 심하게 흔들렸습니다.

바람은 기압의 차이로 인해 발생한다고 합니다.
공기가 팽창하는 고기압과 수축하는 저기압,
그 차이로 인해 공기가 이동하는 것이 바람이랍니다.

그러한 바람은 우리 마음에서도 일어납니다.
잔잔한 호수에 돌을 던지듯
평안한 가슴에 파문을 일으키는 바람.
허공의 바람이 기압차에 의해 발생한다면
마음의 바람은 비교차에 의해 일어납니다.

옆집 남자는 임원으로 승진을 했다는데,
누구는 장사를 해서 떼돈을 벌었다는데,
친구 아들은 수시로 S대에 들어갔다는데,

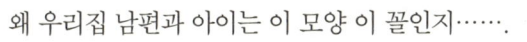

왜 우리집 남편과 아이는 이 모양 이 꼴인지…….

나름대로 멋지고 나무랄데 없는 남편과 아이도
그 누군가와 비교하게 되면 한없이 작아지고,
그 차이로 인해 가슴에 바람이 불어닥치면
마음은 저 억새처럼 종잡을 수 없이 흔들립니다.

그러니 비교는 남과 할 것이 아닙니다.
평가 또한 상대평가가 아닌 절대평가를 해야 합니다.
그것만 지켜도 마음의 풍파는 저절로 사라지는데,
글쎄요, 서로 어울려 사는 세상에서
그게 그렇게 말처럼 쉽게 될지는
저 또한 쉽게 장담하지 못하겠습니다.

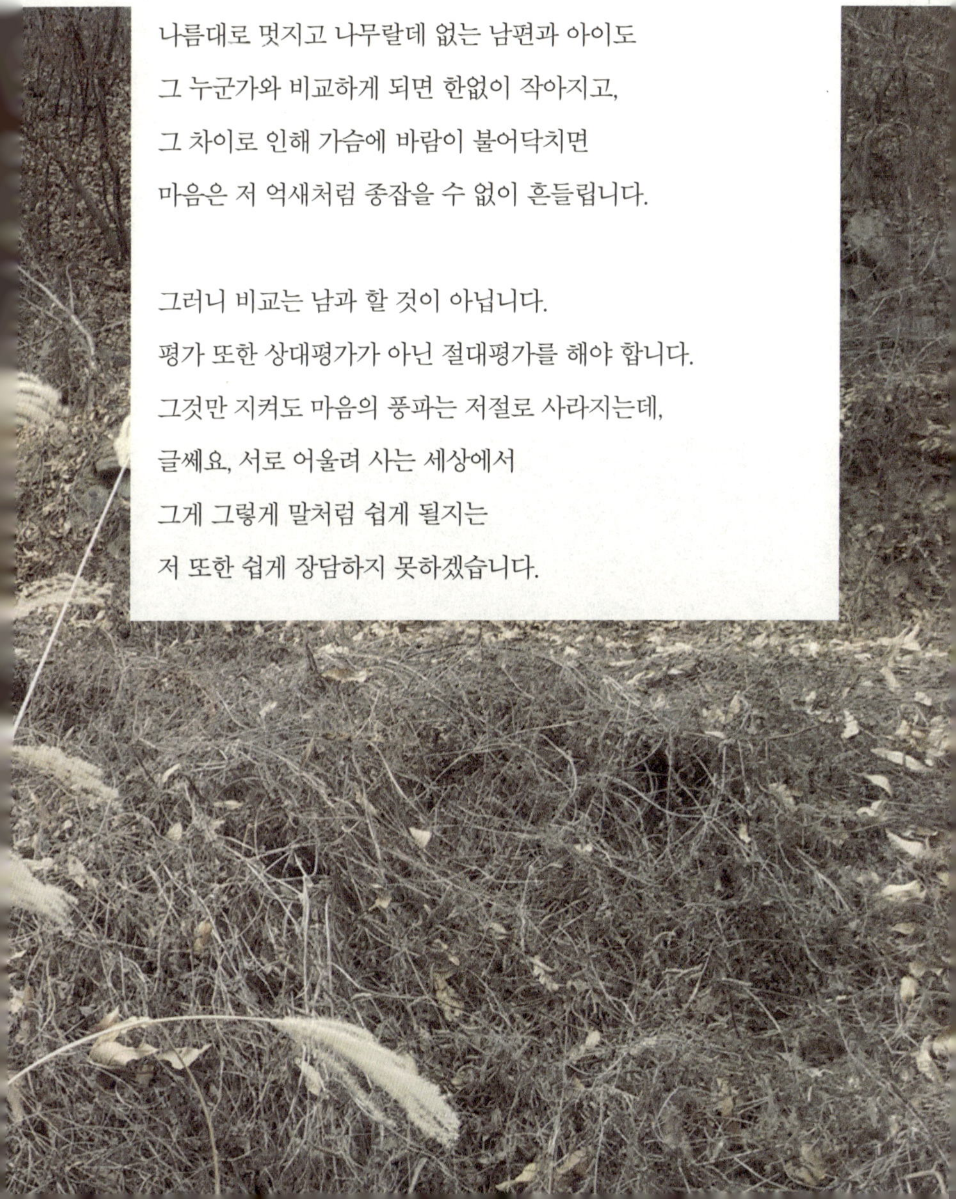

이대로

차를 타고 다니다 보면
큰길에서 갈라지는 샛길이 있습니다.

집 한 채 없는 골짜기로 이어진 길,
밭으로 이어지는 꼬불꼬불한 산길,
산을 끼고 돌아 재를 넘어가는 고갯길…….

오고가다 그런 길을 만나면
일부러라도 한번 가보고 싶어집니다.
그 길을 따라 가면 무엇이 있을지,
안쪽에 있는 마을은 어떤 모습일지…….

시골길이 다 그렇고 그렇지 해도
마음은 그렇지 않습니다.
가 보지 않은 길,
새로운 길에 대한 기대와 설레임 때문입니다.

인생의 길 또한 그러합니다.
매일 같은 나날이 반복되는 것 같지만
오늘은 어제와 다르고, 내일은 또 오늘과 다릅니다.

크게 눈에 띄지는 않아도
뭔가 조금은 새로울 것이란 기대감.
그것이 어쩌면 삶의 원동력인지도 모릅니다.

그래서일까요?
수많은 인생길 중에 제가 싫어하는 길이 있습니다.

'이대로'라는 길입니다.

오늘은 어제와 같고,
내일은 또 오늘과 같은 '이대로'.
그 길이 아무리 넓고 화려해도 저는 내키지 않습니다.
변화가 없다는 것은, 새로움이 없다는 것은
죽어 있는 것이나 마찬가지니까요.

그래서 저는 '이대로' 입구에
바리케이트를 치고 길을 폐쇄합니다.

지금은 싫다고 해도
지치고 힘이 들 때면
그 길을 기웃거릴지 모르니까요.

의미

마을길을 지나는데 저 탑이 눈에 띄었습니다.
수백 개의 돌이 쌓여 만들어진 가슴 높이의 돌탑.
지나는 사람들이 하나씩 둘씩 쌓아올린 것이 더해져
저렇듯 어엿한 탑이 되었습니다.

저도 그냥 지나칠 수가 없었습니다.
주위에서 평평한 돌을 하나 집어
조심스레 탑 위에 올려 놓았습니다.

그러고 다시 보니 돌이 새롭게 느껴졌습니다.
사실 조금 전까지만 해도 아무 의미가 없었습니다.
그저 주위에 널려 있는 무수한 돌 중의 하나였습니다.
하지만 집어서 저렇게 탑 위에 올려놓으니
돌이 아니라 하나의 징표처럼 느껴졌습니다.

마을의 안녕과 화합을 기원하는,
제 마음의 징표 같은 것 말입니다.

님과 저와의 인연 또한
어쩌면 저 돌과 같은 것인지도 모르겠습니다.

이선희 님의 노래가사처럼
님과 저 또한 처음에는 그저
'별처럼 수많은 사람들, 그 중의' 하나였습니다.
하지만 이 편지를 통해 부르고 응답하면서
님은 제게, 저는 님께 새로운 의미가 되었습니다.
저 돌탑 위에 올려 놓은 돌처럼 말입니다.

그래서 저는 소망합니다.
많은 이들의 마음을 담은 저 돌탑이
언제나 저 모습 그대로 마을을 지키듯
님과 저, 그리고 님과 또다른 님 또한
변치 않는 모습으로 서로의 가슴에 남아 있기를,
김춘수 님의 시구처럼
잊혀지지 않는 하나의 의미가 되기를…….

다움

어제는 이곳 태화산에도 한파가 몰아쳤습니다.
밤새 내린 함박눈도 모자라는지
하얀 눈발까지 섞어가며 몰아치는 칼바람.
덕분에(?) 하루 종일 방안에서 뒹굴었습니다.

사실 이번 겨울은 너무 따뜻했습니다.
해발 5백 미터가 넘는 깊은 산중의 이곳에도
크리스마스에 눈이 아닌 비가 내렸으니,
제 기억으로는 가장 따뜻한 겨울이 아닌가 싶습니다.

따뜻한 겨울.
언뜻 생각하면 다행이다 싶기도 하지만
다시 생각해보면 꼭 그런 것만도 아닙니다.

겨울은 추위의 계절입니다.
눈발도 날리고 얼음도 얼어야 겨울이 겨울답습니다.
겨울이 따뜻하다는 것은 본분에 어긋나는 일이요,

본분에 어긋나면 존재할 가치가 없어집니다.
그러니 따뜻한 겨울은 겨울이 아니라
가을의 연장일 뿐입니다.

사람에게도 저마다 본분이 있습니다.
학생은 학생대로, 주부는 주부대로, 농부는 또 농부대로
주어진 역할과 해야 할 사명이 있습니다.
그리고 그 본분에 충실할 때
가치가 높아지고 존재감도 빛을 발합니다.
어제처럼 추운 날도 있어야 겨울을 실감하듯 말입니다.

그래서 저는 모처럼의 한파가 반갑습니다.
비록 몸을 움츠리고 방안에서 뒹굴지라도

태화산의 겨울을 실감할 수 있게 되었으니까요.
지구 온난화니 이상기후니 해도
겨울다운 겨울을 보낼 수 있게 되었으니까요.
그래서 봄다운 봄을 기다릴 수 있게 되었으니까요.

모과

과일치고는 정말 못생겼습니다.
맛도 없어 그냥은 먹지도 못합니다.
그래도 거실이나 사무실은 물론
자동차 안에까지 한 자리를 차지하고
있습니다.
향기가 뛰어나기 때문입니다.

저희 조합 사무실은
비어 있는 시간이 많습니다.
그래서 그런지 조금 휑한데다
어느 때는 케케한 냄새도 났습니다.

하지만 저거 하나 갖다 놓은 뒤로는
말끔히 사라졌습니다.
저 모과의 향기가
그것을 상쇄해 버렸기 때문입니다.

그렇습니다.

어떤 과일이든 다 쓸모가 있습니다.

모양이 시원찮으면 맛이 괜찮고,

맛도 시원찮으면 향기가 좋습니다.

그것도 시원찮으면 약성이 뛰어납니다.

그래서 세상은 공평한 것인지도 모릅니다.

사람 또한 다르지 않습니다.

보기에는 변변찮고 보잘 것 없는 사람도

한 가지 재주는 다 가지고 있습니다.

그러니 변변찮은 아홉 가지를 탓할 게 아니라

잘하는 한 가지를 찾아 극대화하는 것.

그것이 어쩌면 성공적인 삶의 비결인지도 모르겠습니다.

맛도 없고 못생겨도 극진한 대접을 받는

저 모과처럼 말입니다.

등하불명 燈下不明

김삿갓면, 나아가 영월군의 랜드마크 고씨동굴입니다.
집에서 5~6킬로미터 떨어진, 같은 태화산 자락에다
읍내로 나가는 길 바로 옆에 있어
많을 때는 하루에 몇 번씩 지나치기도 합니다.

하지만 〈태화산 편지〉를 쓴 지 3년이 되었고,
김삿갓 내의 크고 작은 명소를 다 소개했지만
저 고씨동굴은 여지껏 사진 한 장 올리지 못했습니다.

생각해 보니 또 있습니다.

저는 분명 영월에서 나고 자란 영월인입니다.

하지만 정작 제가 저 동굴에 들어가 본 것은

대학에 진학해 서울로 올라간 뒤였습니다.

'가까이 있으니 언제든 갈 수 있다,

그러니 다른 데부터 가 보자,'

안이한 생각이 낳은

등하불명燈下不明의 결과였습니다.

등잔 밑이 어두운 것은
사람 사이도 마찬가지가 아닌가 싶습니다.
가족, 친지, 자주 보고 만나는 이웃,
격의 없이 지내는 친구…….
내 삶에서 가장 소중한 사람이 바로 이들인데도
오히려 더 소홀히 하는 경향이 있습니다.

가까우니, 언제든 볼 수 있으니,
이해해 줄 것이니, 하는 안이한 생각이
빛을 가리고 그림자를 드리우기 때문입니다.
솔직히 고백하면 저 또한 그러했습니다.

하지만 이제는
세상사 알 만큼 아는 지천명의 나이.
등잔불에 미혹되어 밑을 보지 못하는
젊은날의 어리석음을 반복하지 말자…….
뒤늦게나마 고씨동굴 사진을 올리며
제 스스로에게 주문하는 마음의 다짐입니다.

지레짐작

지난 일주일, 정말 추웠습니다.
영하 20도를 오르내리는 기록적인 한파에
현관문에는 두텁게 성에가 끼고
마침내 남한강마저 얼어붙었습니다.
여지껏 보지 못한 광경이었습니다.

얼마 전 편지에 올 겨울은 너무 따뜻하다,
겨울은 추워야 겨울이다, 입방정을 떨었더니
그래 어디 한번 당해 봐라,
작심을 하고 심술을 부리는 것 같았습니다.

노래 가사에도 나오는 것처럼
세상일은 정말 한 치 앞도 알 수 없습니다.
날씨 또한 그렇습니다.
해가 쨍쨍 내리쬐다 폭풍우가 몰려오고
봄날처럼 따뜻하다 갑자기 한파가 몰아칩니다.
이상기후로 요즘에는 그런 현상이 더 심합니다.

그러니 판단을 하려면
겨울을 다 보내고 나서 해야 하는데
절반만 보고 지레짐작으로 입방정을 떨었으니
부끄러워 쥐구멍에라도 들어가고 싶은 심정입니다.

그래도 날씨였기에 망정이지
사람을 그렇게 지레짐작하고 판단했다면……
생각을 하니 등골이 오싹해집니다.

그렇습니다.
날씨가 그렇듯
사람도 겪어보기 전에는 알 수 없습니다.

기껏해야 몇 번 만난 것 가지고,
겉으로 드러난 모습만 보고 지레짐작해
사람이 이렇네 저렇네 판단하고 평가했다가는
이번 추위처럼 낭패를 당할 수 있습니다.

그러니 날씨든 사람이든
아니면 또다른 그 무엇이든
평가를 하려면 이것저것 다 겪어보고
제대로 해야 한다는 것.

일주일 내내 몰아친 한파에
몸을 부들부들 떨며 깨우친 값비싼(?) 교훈입니다.

동욕 動慾

겨울다운(?) 한파가 몰아친 지난 일주일,
대부분의 시간을 방안에서 보냈습니다.
그렇지 않아도 움직임이 적은 겨울인데
허구헌날 그렇게 아랫목에서 뒹굴고 있으니
몸은 찌뿌둥하고 속은 더부룩해졌습니다.
아랫배 또한 눈에 띄게 부풀어 올랐습니다.
원초적 본능이 억제된 탓이었습니다.

우리 몸에는 식욕이나 성욕과 같은 본능이
또 하나 있습니다.
동욕動慾, 즉 움직이고 싶어하는 본능입니다.
동물은 움직인다 해서 동물動物입니다.
움직이기 않으면 식물이지 동물이 아닙니다.
동물을 동물답게 하는 원초적 본능,
그것이 바로 동욕動慾입니다.

사람 또한 동물이니 움직여야 합니다.
움직이지 않으면 본능이 억제되어 탈이 납니다.

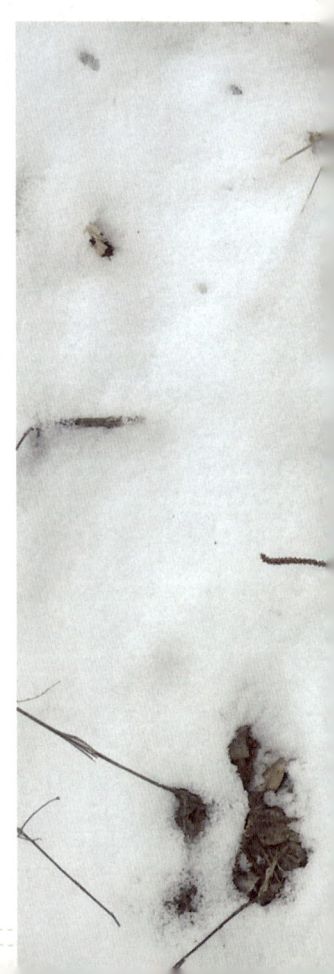

먹지 않으면 배가 고파 견딜 수 없듯
걷지 않으면 몸의 균형이 무너집니다.
그러니 추워도 움직여야 합니다.
아니, 추울수록 더 많이 움직여야 합니다.
그렇게 원초적 본능이 충족되어야
몸이 조화와 균형을 유지할 수 있습니다.

다행히 어제부터 날이 좀 풀렸으니
이번 주에는 많이 움직여
그동안 억제된 본능을 충족시켜야 할 것 같습니다.
특히 등잔 밑이 어두워 아직까지 오르지 못한
태화산 정상을 밟아볼까 하는데,
생각대로 될지 잘 모르겠습니다.

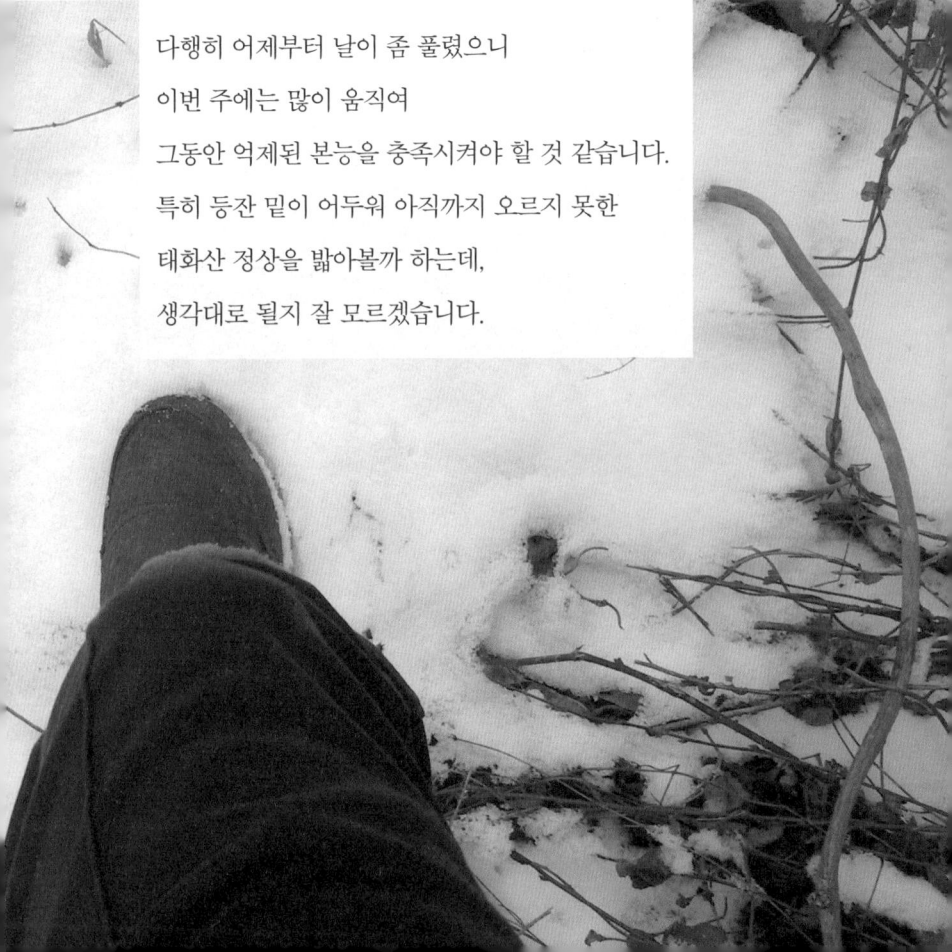

얼음

옥동천과 만나는 김삿갓계곡의 끝자락입니다.
근처에 일이 있어 잠시 내렸는데
저 돌이 눈에 띄었습니다.
보아하니 얼음 한번 깨보겠다고
누군가 들어 던진 것 같습니다.

하지만 부딪친 부분만 조금 패였을 뿐
얼음은 꿈쩍도 하지 않았습니다.
자세히 보니 바닥까지 두껍게 얼어 있어
저보다 더한 걸 던져도 택도 없을 것 같습니다.

그렇습니다.
얼음은 돌이나 망치로 깰 수 있는 게 아닙니다.
두껍고 단단할수록 더더욱 그러합니다.
수없이 내리쳐 깬다고 깨도
막대기 하나 꽂을 수 있는 구멍을 낼 뿐입니다.

그러니 얼음을 깨는 데 필요한 것은
돌이나 망치가 아닙니다.
따스한 한 조각의 햇살입니다.
저렇게 두꺼운 얼음도
몇 시간 햇볕만 제대로 내리쬐면
스스로 무장을 해제하고 녹아내릴 것입니다.

얼어붙은 마음 또한 마찬가집니다.
강박이나 폭력으로는 깨지지 않습니다.
힘으로 깼다고 깨봐야
저 돌멩이처럼 자국 하나 남길 뿐입니다.

그러니 마음이 얼어붙은 사람이 있으면
소리를 지르거나 힘을 쓸 것이 아닙니다.
다가가 조용히 손을 맞잡으면 됩니다.

맞잡은 손을 타고 전해지는 따스한 체온.
저 얼음같은 마음을 녹일 수 있는 것은
바로 그 온기일 것이니까요.

오염

정말 좋은 말입니다.
저도 님도 포함하는 더없이 귀한 말입니다.
하지만 TV에서 이 말이 나오면
역겹기까지 해 귀를 후벼파곤 합니다.
써서는 안 되는 사람들이 제 멋대로 갖다 쓰면서
너무 많이 오염되었기 때문입니다.
'국민'이라는 단어 말입니다.

같은 풀이라도 소가 먹으면 젖이 되지만
뱀이 먹으면 독이 된다고 합니다.
말도 마찬가지입니다.
누가 어떻게 쓰느냐에 따라
느낌이 달라지고 의미도 달라집니다.

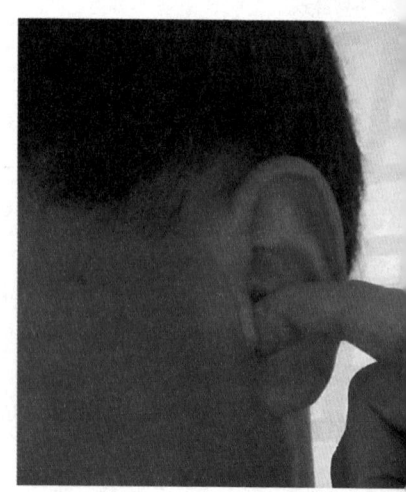

'국민'이라는 같은 말이라도
정말로 국민을 위하는 지도자가 쓰면
아름답고 성스럽게 들리지만,

속이 훤히 보이는 꾼들이 가져다 쓰면
역겨움을 넘어 속이 다 뒤틀립니다.

선거 때가 됐는지
또다시 '국민'이라는 말이 난무합니다.
TV만 틀면 수십 수백 번씩 들립니다.

국민을 위해, 국민의 뜻에 따라, 국민만 보고…….
국민이 선택해준 당을 박차고 나가면서도,
심지어 상대당으로 말까지 갈아 타면서도
국민을 위해 그러하는 것이라니…….
그 국민의 한 사람으로서
열이 뻗치고 울화통이 치밀어 오릅니다.

이러다가는 머지 않아
'국민' 소리만 들어도 경기가 날 것 같으니
자격 미달의 꾼들은 쓰지 못하도록
'국민 사용 금지' 청원이라도 벌여야 할 것 같습니다.

태화산 월령가

2월

"인동(忍冬)"

삭풍에 딸고 있는 앙상한 저 나뭇가지
초라하다 부끄럽다 함부로 말하지 마소
겨울을 견디어낸 영광의 상처일지니

발견

김삿갓과 더불어
영월을 대표하는 브랜드가 또 하나 있습니다.
바로 저 한반도 지형입니다.
제가 나고 자란 곳이
저기서 십여 리 정도 떨어진 연당이란 마을이라
제게는 이곳 김삿갓만큼이나
가깝고 인연이 깊은 곳이기도 합니다.

저 지형이 세상에 알려지지 시작한 것은
80년대 중반부터라고 합니다.
마을 교회에 계신 분이 우연히 보고
우리나라 지형과 흡사하다고 생각해
외부에 소개한 것이 계기가 되었다고 합니다.

누구나 알고 있듯이
지형은 갑자기 생기고 변하는 게 아닙니다.
특히 저기처럼 산과 강으로 이루어진 것은

바꾸려 해도 바꿀 수도 없습니다.
모르긴 해도 수십, 수백 년 동안
저 모습 그대로 저기에 있었을 것입니다.

그러니 그동안 적지 않은 사람들이
저 지형을 보고 살폈을 것입니다.
하지만 다들 그냥 지나쳤을 것입니다.
멋지네, 하는 감탄사 정도 내뱉었을 것입니다.

하지만 교회에 계셨다는 그분은
한반도 모습과 똑같다는 생각을 했고,
사람들의 관심을 끌 수 있다는 판단에서
외부에 알리고 소개했습니다.

그것이 계기가 되어
수많은 사람들이 찾아오는 관광명소가 되었고,
우리나라를 상징하는 표상이 되었습니다.

발견이라고 하면
우리는 대부분 뭔가 새로운 것을 떠올립니다.
없는 것을 새롭게 만드는 것을 생각합니다.

하지만 저 한반도 지형을 보니
꼭 그런 것만은 아닌 것 같습니다.
기존에 있는 것이라도 새롭게 보는 것.
그것이 또한 발견이요 발명이 아닐는지요.
하늘 아래 새로운 것은 없다 했으니
어쩌면 후자가 더 적합한 것인지도 모르겠습니다.

그러니 저도 이제부터 눈을 크게 뜨고 다녀야겠습니다.
이곳 태화산이나 김삿갓 주변에도
저 한반도 지형과 같은 뛰어난 자원이 숨겨져 있을지
또 모르잖습니까?

마디

복조리를 아십니까?

설날 아침이면 한해의 소망을 담아

집집마다 안방의 벽에 걸어두던 복조리…….

그 복조리를 만드는 데 쓰이는 나무가

바로 저 산죽(조릿대)입니다.

한겨울 눈보라 속에서도 푸르른 산죽은
그 잎 또한 선비처럼 깔끔한 향을 품은데다
산성체질을 개선해 주는 효능까지 있어
녹차처럼 차로 만들어 마십니다.
저희 조합의 첫 상품이기도 합니다.

하지만 오늘 저의 관심은 잎이 아닙니다.
젓가락처럼 가늘고 긴 줄기,
그 중간중간에 매듭처럼 형성된 마디입니다.

보시다시피 산죽은 줄기가 가늘고 깁니다.
바람만 불어도 꺾일 것처럼 연약해 보입니다.
하지만 태풍이 몰아쳐도 괜찮습니다.
아름드리 나무가 뿌리째 뽑혀 넘어가도
산죽은 그저 가볍게 흔들릴 뿐입니다.
마디가 있기 때문입니다.

산죽은 어느 정도 자라면
성장을 멈추고 재충전해 힘을 모읍니다.
이때 생기는 것이 마디입니다.

하늘을 향해 쭉쭉 뻗기만 하는 대신
중간중간 멈춰서 옆을 살피고 힘을 비축하는 마디.
그 마디가 중간에서 축이 되기에
태풍이 몰아쳐도 쓰러지지 않고 견딥니다.

그래서 초고층 건물을 지을 때에는
중간중간 이 마디의 역할을 하는 시설물을 설치해
충격을 줄이고 안정성을 높인다고 합니다.

마디가 필요한 것은 사람도 마찬가집니다.
쉼없이 달리기만 하면 좋을 것 같지만 아닙니다.
어느 정도 달리면 잠시 멈춰 숨을 고르고,
옆과 뒤를 돌아보며 성찰도 하고 충전도 해야 합니다.
그래야 흔들림 없이 앞으로 나아갈 수 있고,
태풍이 몰아쳐도 견딜 수 있습니다.

주말부터 시작되는 설 연휴가
님께도 제게도
저 산죽의 마디와 같은,
그런 시간이 되었으면 좋겠습니다.

봉변?

아궁이에 불을 지피고 일어서다가
지붕 모서리에 머리를 부딪혔습니다.
눈물이 핑 돌 정도로 통증이 느껴졌습니다.

손으로 머리를 감싸며 지붕을 쳐다보니
속에서 부글부글 울화가 치밀었습니다.
성질 같아서는 발로 냅다 걷어차
분풀이라도 하고 싶었습니다.

하지만 마음을 다잡고 분을 삼켰습니다.

그래 봐야 나만 더 초라해질 뿐,
달라질 건 아무 것도 없기 때문입니다.

'자다가 벼락을 맞는다'는 속담이 있듯
살다 보면 뜻하지 않게 봉변을 당할 때가 있습니다.
길을 가다 돌부리에 걸려 넘어질 때도 있고,
남의 일에 말려들어 손해를 볼 때도 있습니다.

그럴 때면 정말 속이 부글부글 끓어 오릅니다.
뭐라도 하나 집어던지고 치받고 싶어집니다.
하지만 참아야 합니다.
그래 봐야 달라지는 것은 하나도 없고,
그 분풀이가 부메랑이 되어 다시 내게로 돌아오기 때문입니다.

송아지 뒷발에 걷어채였다고
내가 송아지를 걷어차면
송아지나 나나 같아지는 것처럼 말입니다.

그러니 본의 아니게 당한 봉변이라면
속이 쓰리고 화가 치밀어도 허허 웃을 수 있는 것.
철이 든다는 것은 아마도 그런 것이 아닌가 싶습니다.

소금

요즘 들어 많은 지탄을 받고 있는 소금입니다.
매스컴마다 '만병의 근원'이라며
섭취를 줄이라고 경고하고 있습니다.

하지만 소금은 만병의 근원이 아닙니다.
오히려 생명의 근원입니다.
생명이 최초로 탄생한 곳이 염분 가득한 바다요,
봄이 되면 만물이 소생하는 것도 저 염분 덕분입니다.
사람 또한 염분이 없으면 생명을 유지할 수 없습니다

그러니 문제가 되는 것은
소금이 아니라, 지나치게 많은 소금입니다.

도를 넘어 너무 많은 염분을 섭취하면
남은 염분이 당뇨 등 부작용을 일으키는 것입니다.
그래서 약과 독은 한끗 차이라고 하는지도 모릅니다.

생각해보면 소금뿐이 아닙니다.
세상의 모든 것이 그러합니다.
돈이 그렇고, 욕망도 그렇습니다.
사랑 또한 마찬가집니다.

꼭 있어야 하는 소중한 것들이라도
적절히 조절하지 못하고 도를 지나치면
오히려 없느니만 못하게 되는 것입니다.

그러니 저 소금처럼 조금씩 조금씩 간을 보며
음식에 맞게 조절하고 통제하는 것.
인생에서의 성공은
바로 거기에서 기인하는 것이 아닐는지요.

신앙

며칠 전 한반도 지형을 보기 위해
전망대로 향하다 마주친 광경입니다.
오가던 사람들이 하나둘 쌓아올린 것이 모이고 모여
저렇듯 멋진 작품(?)이 되었습니다.

알고 보면 한반도뿐이 아닙니다.
사람들이 많이 찾는 곳이면 전국 어디에서나
저와 비슷한 모습을 쉽게 찾아볼 수 있습니다.

처음에는 누군가 기념으로 시작했을 것입니다.
하지만 하나씩 둘씩 쌓이고 늘어나면서
저 탑은 기념을 넘어
마음의 평안을 주는 신앙이 되었습니다.

저도 자연스레 돌 하나를 주워 얹었습니다.
특별히 무엇을 빌고 기원을 하지는 않았습니다.
그래도 마음이 조금 평안해짐을 느꼈습니다.

종교를 갖지 않아 잘은 모르겠지만
신앙이란 바로 이런 것이 아닌가 싶습니다.

사람은 누구나 종교적 동물이라고 합니다.
마음이 외롭고 불안할 때
절대자에게 의존하게 된다는 것입니다.
그것을 통해 마음의 평온을 찾는다는 것입니다.

그러고 보면
저 또한 종교적 동물임을 부인할 수 없습니다.
마음이 울적하고 허전할 때면
저도 모르게 산이나 강을 찾게 되고,
저렇게 돌 하나 쌓아올리는 것만으로도
마음이 평안해지고 위로가 되니까요.

보완재

천생 촌놈이라 그런지
저는 커피 중에서도 봉지 커피를 좋아합니다.
커피와 프림이 적절히 혼합된 달콤쌉싸래한 맛과 향.
그것이 비싼 원두커피보다 더 맛있습니다.

하지만 커피만 있고 프림이 없거나
프림만 많고 커피가 없으면
마시지 않고 그냥 버립니다.
제가 좋아하는 그 맛이 나지 않기 때문입니다.

그런 커피와 프림의 관계를
경제학에서는 보완재라고 합니다.
서로 부족한 부분을 보완해 주기 때문에
함께 있어야 효용이 증대되고 가치가 올라가는,
요즘 말로 하면 윈윈관계라 하겠습니다.

제가 김삿갓협동조합을 통해 만들어가는

지역 주민들과의 관계도
바로 이 커피와 프림 같은 관계입니다.

주민들이 영위하는 농산물 생산에 뛰어들어
주민들과 경쟁하고 대체하는 것이 아니라
주민들이 생산한 농산물을 가공하고 소포장해
부가가치를 높여 나가는 것.

그래서 조합이 잘 되면 주민들에게도 좋고,
주민들이 잘되면 조합 또한 덩달아 가치가 올라가는,
이 커피와 프림 같은 보완재 관계.
그것이 저희 조합의 기본방향입니다.

매일 아침 이 편지를 통해 만나는
님과 저의 관계 또한 마찬가집니다.

늘 관심을 갖고 읽어주시고
댓글을 통해 소통하면서
서로 끌어주고 밀어주었기에
500회까지 올 수 있었습니다.

앞으로 언제까지 얼마나 더 갈지는 모르지만
지금까지처럼 한 발 한 발 묵묵히 나아가겠습니다.
님 또한 그리 해 주실 것임을
믿어 의심치 않습니다.

500회까지 함께해 주신 님,
앞으로도 변함없이 함께해 주실 님.
정말 고맙습니다.
새해 복 많이 받으십시오.

기차

명절을 쇠러 본가가 있는 연당에 갔을 때
산 아래를 달리는 저 기차를 보았습니다.
꿈결처럼 기적을 울리며 다가오는 기차,
제 마음 또한 그렇게 아련해졌습니다.

뒤돌아보면
저의 인생 여정은 저 기차와 함께였습니다.
어린시절 읍내를 다닐 때면 으레 저 기차를 탔고,

원주로 진학한 뒤에도
집을 오갈 때면 꼭 저 기차를 이용했습니다.

대학의 낭만도 기차와 함께 했습니다.
신촌역에서 교외선을 타고 가던 백마역 화사랑,
청량리에서 경춘선을 타고 떠나던 MT와 수련회…….
어느 여름방학 여수에서 용산까지의
12시간 기차여행도 잊혀지지가 않습니다.

하지만 딱 거기까지였습니다.
졸업 후 취업을 하고 자가용을 이용하면서
기차는 추억 속으로 떠나 돌아오지 않았습니다.
마지막으로 타 본 것이 언제인지
기억이 나지 않을 정도로 아득하기만 합니다.

생활의 편리 앞에 낭만이나 추억은
그렇게 별 힘을 발휘하지 못했습니다.

하지만 반백을 넘어 내리막길로 들어서고,
또 이렇게 산중으로 내려와 살다 보니
저렇게 달리는 기차를 보기만 해도
마음은 타임머신을 타고 추억으로 내달립니다.

이제는 간이역이 된 연당역으로 달려가
들어오는 저 기차를 억지로라도 잡아 타고
정동진으로 여행이라도 떠나고 싶어집니다.

하지만 명절에 혼자 그럴 수는 없으니
다음에 기회가 되면 꼭, 하고 다짐을 하지만
그 다음이 언제가 될지는 기약할 수 없으니
멀어지는 기차가
떠나는 여인네의 뒷모습처럼 아련해집니다.

겨우살이

지난 주말 태화산을 오르다 보았습니다.
누렇게 마른 참나무 가지 위에서
푸릇푸릇 자라고 있는 저 겨우살이를.

보시다시피 겨우살이는
나뭇가지에 뿌리를 내리고 살아갑니다.
스스로의 힘으로는 광합성이 부족해
나무의 물과 영양을 먹으며 자라납니다.

그래서 사람들은 손가락질을 합니다.
나무에 빌붙어 사는 기생식물이라 비웃고
남의 양식을 빼앗는 도적이라 욕을 하기도 합니다.

하지만 저는 생각을 달리합니다.
겨우살이가 빌붙어 사는 것이 아니라
참나무가 품어주고 키워주는 것이라고요.
스스로는 성장이 더디고
더러는 수명이 단축되는 아픔을 감내하면서
푸르게 푸르게 키워내는 것이라고요.

겨우살이는 항암효과가 뛰어나고
당뇨 고혈압에도 효과를 발휘한다고 합니다.
또 신령한 기운이 있어
집에 걸어두면 뱀이나 지네가 들어오지 못하고,
열병이나 삿된 귀신도 피해간다고 합니다.

겨우살이가 지닌 그러한 약성과 기운 또한
어쩌면 저 노쇠한 참나무의
희생 덕분이 아닌가 싶습니다.

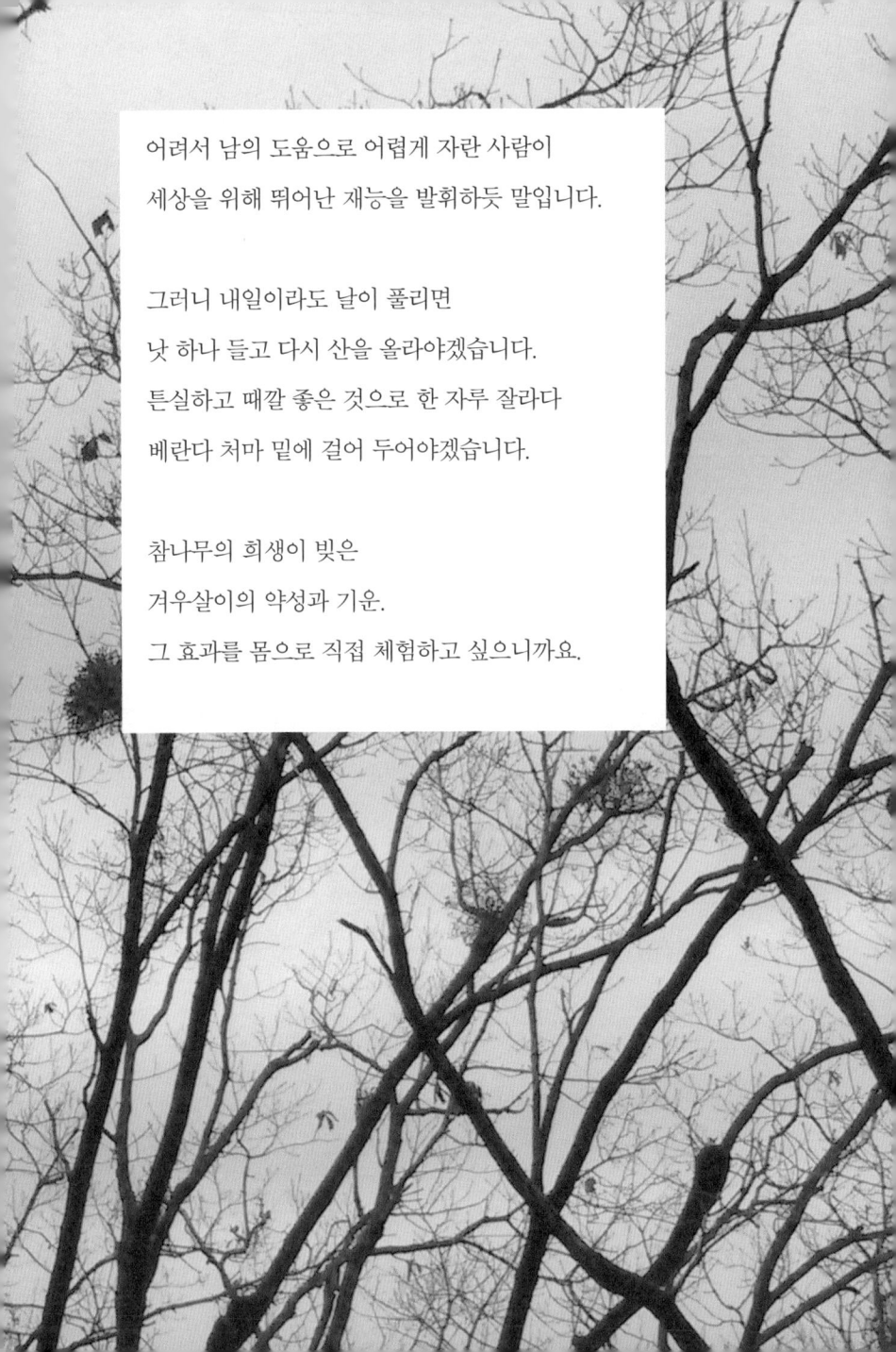

어려서 남의 도움으로 어렵게 자란 사람이
세상을 위해 뛰어난 재능을 발휘하듯 말입니다.

그러니 내일이라도 날이 풀리면
낫 하나 들고 다시 산을 올라야겠습니다.
튼실하고 때깔 좋은 것으로 한 자루 잘라다
베란다 처마 밑에 걸어 두어야겠습니다.

참나무의 희생이 빚은
겨우살이의 약성과 기운.
그 효과를 몸으로 직접 체험하고 싶으니까요.

가래떡

그냥 물러날 수는 없다,
겨울이 오기라도 부리는 것인지
막바지 한파가 이삼일 계속되었습니다.
동조하듯 눈발까지 흩날렸습니다.

그럴 때는 방안에서 뒹구는 것이 제격이라
도서관에서 빌려온 '열하일기'를 붙들고 늘어졌습니다.
그렇게 한두 시간 뒹굴다 보니
다른 건 다 좋은데 입이 심심했습니다.

냉장고를 뒤지니
명절 때 뽑은 가래떡이 눈에 띄었습니다.
냄비에 담아 찌려다 생각을 바꿨습니다.
그래도 명색이 산중에서의 간식인데
뭐가 달라도 달라야 하지 않겠습니까?

아궁이에서 숯불을 꺼내 화로에 담았습니다.

그 위에 석쇠를 걸치고 떡을 올렸습니다.

부끄럼 많은 처녀처럼

살짝살짝 몸을 비틀며 익어가는 가래떡,

그 사이에서 번져나오는 은은한 향.

제가 무슨 성인이라고 그 유혹을 견디겠습니까?

모락모락 김이 나는 놈을 집어 들고

조청을 듬뿍 묻혀 한 입 덥썩 베어 물었습니다.

쫄깃쫄깃한 식감 사이로 배어드는 담백한 맛과 향.
한겨울의 간식으로 더 무엇을 바라겠습니까?

그런데 가래떡에 웬 색소를 넣었냐구요?
그럴 리가 있겠습니까?
푸른 것은 어수리 가루,
붉은 것은 아로니아 가루를 섞은 것입니다.

일상에서 접하는 사소한 것이라도
뭔가 하나는 다르게 시도해 보는 것.
저의 생활방식이자
김삿갓협동조합의 운영방침입니다.

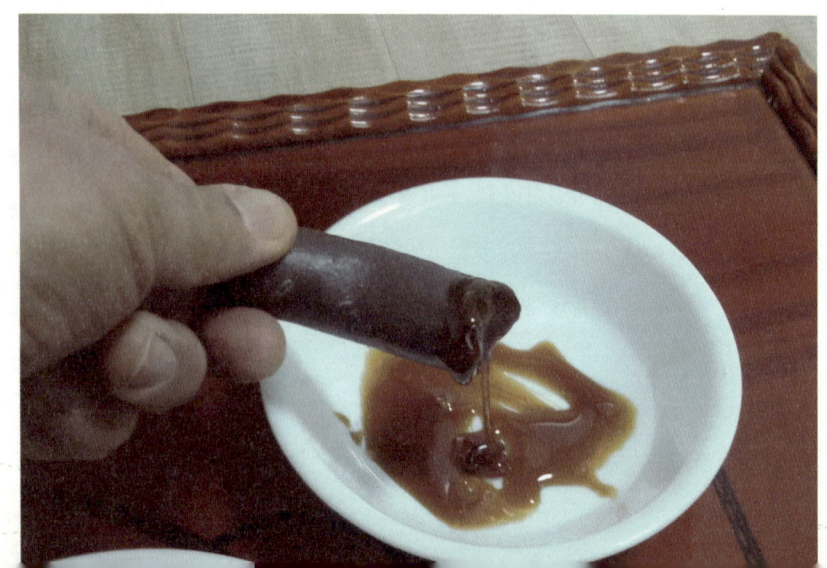

초행길

"얼마나 들어가길래 아직도 안 보여?
이 길이 맞긴 맞는 거여?"
처음 저희 집을 찾아오시는 분들은 대부분
산길을 올라오다 중간에서 전화를 합니다.
길이 맞는지 확인을 하기 위해섭니다.

올라와서 하는 첫마디도 엇비슷합니다.
"어떻게 이 깊은 산중까지……."

그럴 때면 저는 그저 빙그레 웃기만 합니다.
내려갈 때면 그게 아님을 저절로 알게 되기 때문입니다.

저도 처음에는 그랬습니다.
소개를 받고 올라오는데 끝이 없었습니다.
'이러다 정말 속세를 떠나는 거 아니여?'
일부러 산속의 외진 곳을 찾기는 했기만
떨어져도 너무 떨어졌다는 생각이 들었습니다.

하지만 그때뿐이었습니다.
내려갈 때는 느낌이 달랐고,
두번째부터는 멀다는 생각도 들지 않았습니다.
길이 눈에 익었기 때문입니다.

같은 길이라도 초행 때 더 멀게 느껴지는 것은
길을 잘 모르기 때문입니다.
얼마나 가야 하는지, 길이 어떤지,
중간에 무엇이 있는지 모르니 답답하고,
답답하니 지루하고 멀게 느껴집니다.

그래서 경험이 중요합니다.
한번 와 보면 길을 알게 되고,
길을 알면 운전이 달라집니다.
느낌뿐 아니라 시간적으로도 단축이 됩니다.

이러한 경험의 효과는
다른 모든 분야에도 적용이 됩니다.

어떤 일이나 상황이든

처음 마주하면 낯설고, 두렵고, 힘이 듭니다.
하지만 한 번만 해 보면 마음도 행동도 달라집니다.
저희집에 두 번째 오시는 분은
중간에 전화하지 않는 것처럼 말입니다.

그러니 지금 내가 직면한 일이나 상황이 처음이라고
주저하거나 겁을 낼 필요는 없습니다.
처음에는 누구나 다 그렇고,
한 번만 해 보면 달라질 것이니까요.

인동 忍冬

집 앞에 있는 감나무입니다.
잎 하나 없는 앙상한 가지가 시꺼멓게 변했고,
여기저기 껍질도 벗겨졌습니다.
자세히 보면 부러진 가지도 있고 죽은 가지도 있습니다.

이 깊은 산중에서 겨울을 나느라
얼마나 힘이 들고 고통스러웠을지 미루어 짐작할 수 있습니다.

하지만 이제 고비를 넘겼습니다.
입춘도 지나고 우수도 지났으니
겨울도 저 멀리 끝자락으로 밀려나고 있습니다.
아직 한두 번 꽃샘추위가 있을 수 있겠지만
그래봐야 별 힘도 없는 마지막 끝악의 뿐
대세를 거스를 수는 없습니다.

머지 않아 저 가지 위로 물이 오르고
새순이 돋고 꽃이 피어날 것입니다.
겨울을 견디고 이겨냈기 때문입니다.

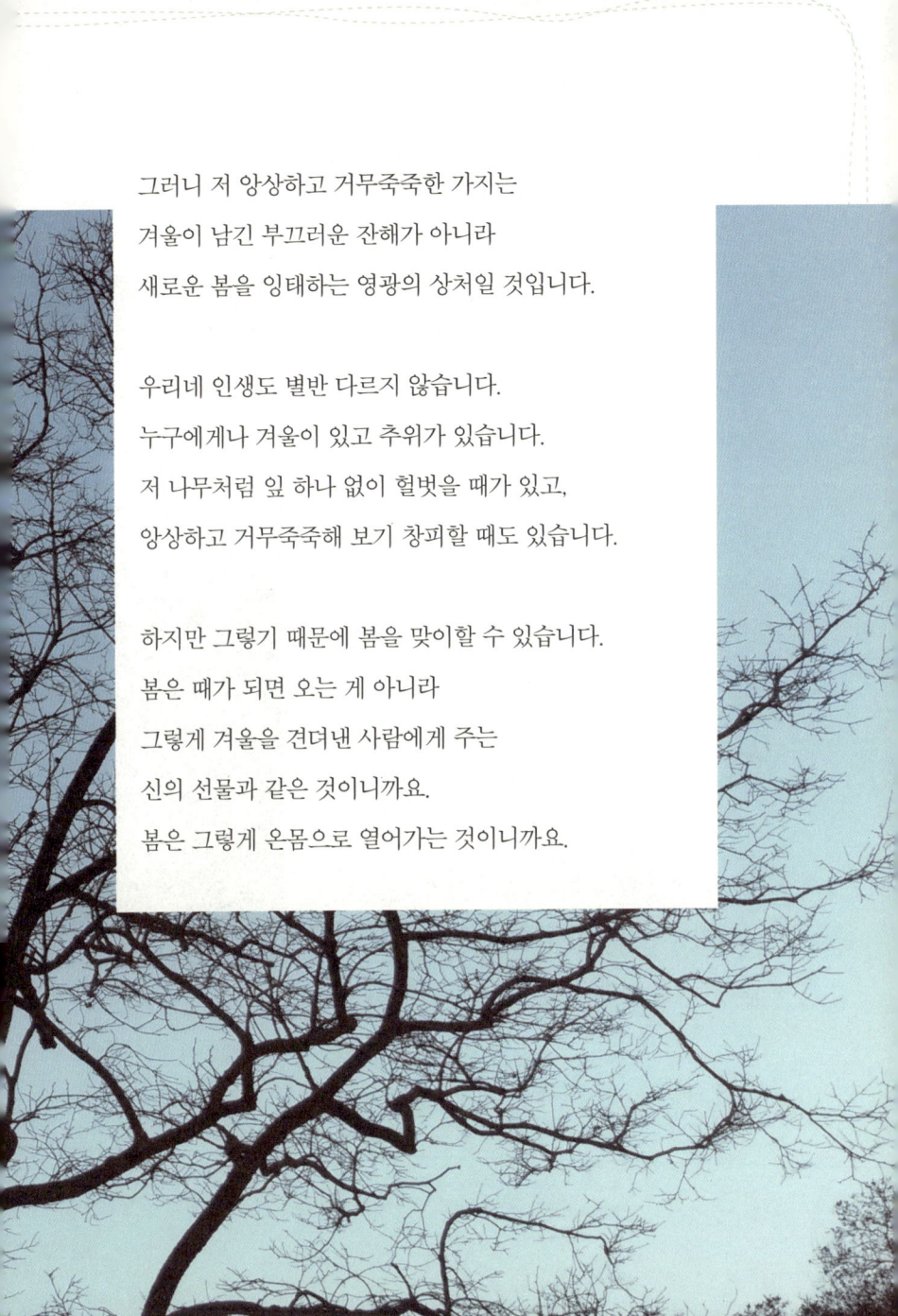

그러니 저 앙상하고 거무죽죽한 가지는
겨울이 남긴 부끄러운 잔해가 아니라
새로운 봄을 잉태하는 영광의 상처일 것입니다.

우리네 인생도 별반 다르지 않습니다.
누구에게나 겨울이 있고 추위가 있습니다.
저 나무처럼 잎 하나 없이 헐벗을 때가 있고,
앙상하고 거무죽죽해 보기 창피할 때도 있습니다.

하지만 그렇기 때문에 봄을 맞이할 수 있습니다.
봄은 때가 되면 오는 게 아니라
그렇게 겨울을 견뎌낸 사람에게 주는
신의 선물과 같은 것이니까요.
봄은 그렇게 온몸으로 열어가는 것이니까요.

배려

얼마전 태화산 정상을 오를 때의 일입니다.
혼자서 처음으로 올라가는 길이지만
그래도 3년 가까이 산자락에서 살았다고
인적이 드문 샛길을 택했습니다.

하지만 이내 후회가 되었습니다.
사람들이 많이 다니는 등산로가 아닌 데다
낙엽까지 수북히 덮혀 있어
길이 잘 보이지 않았습니다.

특히 누런 억새가 군락으로 남아 있는 곳에서는
걸음을 멈출 수밖에 없었습니다.
이쪽에도 길이 있고, 저쪽으로도 길이 난 것 같아
어디로 가야 할지 판단이 서지 않았습니다.
붙잡고 물어볼 사람도 없었습니다.

그때 저 리본이 눈에 띄었습니다.

언젠가 이 길을 지나간 산악회 회원들이
길을 표시하기 위해 매달아 놓은 것이었습니다.
그 순간 얼마나 반갑던지,
저도 모르게 안도의 한숨이 흘러 나왔습니다.

그 길로 접어들어 산을 오르는 내내
제 머릿속에는 '배려'라는 두 글자가 맴돌았습니다.

배려는 크고 대단한 것이 아니라는,
뒤에 올 사람을 위해 저 리본 하나 달아놓는 것,
그렇게 작고 사소한 것이라는 깨달음과 함께 말입니다.

그렇습니다.
내가 내어주는 작은 마음 한 조각이,
내가 하는 사소한 행동 하나가
그것을 필요로 하는 누군가에게는
큰 힘이 되고 용기가 될 수 있습니다.
그날의 저 리본처럼 말입니다.

그래서 저도 이따금 주위를 둘러봅니다.
이곳을 찾아오는 사람들을 위해 할 수 있는
작고 사소한 일,
저 리본과 같은 일이 또 없는지 말입니다.

추억

봄도 오고 해서 모처럼 책장을 정리하는데
한쪽 구석에 있는 이 박스가 눈에 띄었습니다.
뽀얗게 쌓인 먼지를 털어내고 뚜껑을 열자
시간은 쏜살같이 35년 전으로 내달렸습니다.

터벅머리 고교시절과 고삐 풀린 대학시절,
그 꿈 많았던 날들의 일기장과 습작노트,
그리고 내게 온 수백통의 편지와 엽서…….
색이 바래 냄새까지 나는 그 종이를 보자
저도 모르게 핑그르 눈물이 고였습니다.

장갑을 벗어던지고 그 자리에 주저앉아
하나하나 꺼내 찬찬히 훑어 보았습니다.

'노란 옷의 소녀'를 찾아 헤매던 나날의 기록,
편지로 주고받은 세상과 인생에 대한 고민…….
조금 유치하고 서툴긴 해도
젊은날의 방황과 고민이 고스란히 담겨 있었습니다.

아, 내게도 이런 때가 있었구나,
그때의 그 터벅머리 소년으로 되돌아간 듯
가슴이 뛰고 마음이 설레었습니다.

그때가 다시 온다면,
저 뺏지와 명찰을 다시 달 수 있다면…….
다시는 돌아갈 수 없는,
그래서 더 아름답고 아련한 그때 그 시절…….

그 진한 그리움을 어찌할 수 없어
저 명찰을 집어 왼쪽 가슴에 대고 외쳐봅니다.
응답하라! 나의 1980년이여!

3월

"흙"

한 조각 햇살 받아 겨울을 녹여내고
고이고이 품은 씨앗 새싹으로 틔워내니
새봄의 고향은 저 흙속이 아닐는지

식수

저희 집 위쪽에 설치된 물탱크입니다.
계곡 상류의 관정에서 물을 받아 저장한 다음
간이 상수도를 통해 마을로 공급하고 있습니다.
저희가 매일 먹고 씻고 쓰는 물 또한
저 탱크를 통해 공급받는 계곡물입니다.

인적도 없는 계곡에서 흐르는 물.
흔히 말하는 산삼이 썩은 물이니
그 맛이 오죽하겠습니까?

게다가 샤워를 하면
비누를 칠하지 않아도 매끄러우니
도로변 마을에서도 광역상수도를 마다하고
저 물을 사용하고 있습니다.

그런데 한 가지 걱정이 있었습니다.
날이 가물어 물이 마르면 어쩌나, 하는 것이었습니다.

60년 만의 가뭄이라는 지난해 여름에는
더더욱 가슴을 졸였습니다.

하지만 기우였습니다.
산은 그 속에 커다란 호수라도 품고 있는 듯
아무리 가물어도 끊김이 없었습니다.
그리 길지도 않은 계곡 어디에
그토록 많은 물이 있는지,
지금도 이해가 되지 않는 산의 신비입니다.

물뿐이 아닙니다.

산중에 살다 보면 우리의 상식으로는
이해가 되지 않는 현상이 종종 있습니다.
아니, 좀더 깊이 생각해보면
산에서 벌어지는 모든 현상이 그러합니다.
신비요 경이입니다.

그래서 저는 오늘도 저 물 한 컵 마시며 다짐을 합니다.
'자연 앞에 겸손해야 한다'고 말입니다.

시골학교

현수막에 적혀 있는 이름이 보이십니까?
최민정 최혜정 주수민.
반이나 마을을 대표하는 이름이 아닙니다.
오늘 저 옥동중학교에 진학하는 입학생의 전부입니다.

이름까지 적어 환영 현수막을 내걸어 주고,
최소한 두 분 이상의 선생님이 전담해 주고,
시설과 기자재 또한 개인용품처럼 제공해 주고…….

과외도 이런 호화 과외가 없습니다.
서울 강남의 8학군이라해도
감히 엄두조차 내지 못할 것입니다.

그런데도 학생이 없습니다.
도시에서는 콩나물 시루처럼 인원이 넘쳐 문제인데
이곳은 호화과외를 해도 학생이 없어 안절부절이니
이걸 공평하다 해야 할까요, 모순이라 해야 할까요.

하지만 앞으로는
저런 모습조차 보지 못할 것 같습니다.
경제성이 떨어진다는 이유로
정부에서 소규모 학교 통폐합을 추진하고 있으니까요.

정부의 권고안대로라면
영월군내 초중고의 80%가 사라지게 된답니다.
저 옥동중학교도, 제가 다닌 연당초중학교도
예외가 될 수 없을 것 같습니다.

모교가 사라진 고향, 학교가 없는 시골.
생각만 해도 머리가 쭈뼛해집니다.
제 인생의 한 부분이 싹둑 잘려나가는 느낌입니다.

경제성을 따지는 정부의 입장을
이해하지 못하는 것은 아닙니다.
하지만 학교는 경제성으로 평가할 수 없는
더 높은 가치가 있는 것 또한 사실입니다.

인원이 적다는 단지 그 이유만으로

저런 학교가 문을 닫아야 하는,

그런 일은 제발 일어나지 않았으면 좋겠습니다.

단벌?

"당신은 왜 맨날 그 옷만 입어? 옷이 그렇게 없어?"
제가 집사람에게 자주 듣는 잔소리입니다.
심할 때는 꾀죄죄하다는 말까지 듣기도 합니다.

그럴 때면 조금 자존심이 상하기도 하지만
못 들은 척 딴청을 부립니다.
어떤 옷이든 한번 입으면
주구장창 그 옷만 입어대는 제 습관을
저 또한 모르지 않기 때문입니다.

그렇다고 바꿀 생각은 없습니다.
제가 얼굴로 먹고사는 사람도 아닌데다
그런다고 어느 여자분이 쳐다라도 보겠습니까?

그것도 그렇지만 더 근본적인 이유는
그런 데까지 신경을 쓰기가 싫기 때문입니다.

"맡은 바 일에 집중하기 위해
나머지 일에 대한 의사결정을 최소화하려는 것이다."

왜 같은 옷만 입느냐는 기자들의 질문에
페이스북의 창업자 주크버그가 한 대답이랍니다.

생각해보면 주크버그 같은 사람들이 또 있습니다.
작고한 스티브 잡스를 비롯해 메르켈 독일 총리,
그리고 오바마 미국 대통령까지…….
그들이 입었던 옷을 기억해보면

한두 가지 밖에 떠오르지 않습니다.

그러고 보면 집중에도 한계가 있습니다.
집중하고 싶은 한두 곳에 집중하기 위해서는
다른 곳에의 집중을 줄여야 합니다.
입을 옷을 고르는 사소한 것까지 말입니다.
세상을 바꾼 영웅들의 가르침입니다.

정도의 차이는 있겠지만 저 또한 같은 생각입니다.
아무 것도 아닌 일에 신경을 쓰면
정작 신경을 써야 할 곳에 대한 집중력이
그만큼 분산되고 떨어지기 때문입니다.

그렇다고 제가 노숙자처럼 사는 것은 아닙니다.
때가 되면 바꿔 입고 세탁을 하고,
머리도 깎고 면도도 하고 로션도 바릅니다.

그저 다만 신경을 좀 덜 쓰는 것뿐이니
행여라도 산중의 노숙자라고 낙인을 찍어
멀리하지 않으셨으면 좋겠습니다.

원정遠征

불을 끄고 누우면 자꾸만 눈에 밟혔습니다.
2주 전인가 태화산을 오를 때 본 겨우살이,
참나무 가지 위에 돋아난 파릇파릇한 잎이
조용한 가슴을 자꾸만 휘저었습니다.

지난 주 금요일 결국 원정길에 올랐습니다.
원정대에 자원한 동료 세 명과 함께
10미터 길이의 장대낫까지 준비해
눈길을 헤치고 녀석들을 찾아 나섰습니다.

한 시간쯤 올라 정상 부근에 도착하자
참나무 꼭대기에 있는 녀석들이 보였습니다.

장대낫을 휘둘러 어렵사리 가지 하나를 따 놓고
막걸리 한잔 따라 산신령께 제를 올렸습니다.
남은 것으로 음복을 한잔씩 한 다음
본격적인 작업을 시작했습니다.

하지만 계획은 처음부터 어긋났습니다.

녀석들도 만일의 위험에 대비하고 있는 듯

대부분 장대가 닿지 않는 높은 곳에 뿌리를 내렸고,

어쩌다 닿는 곳에 있는 것들도

장대가 낚시대처럼 휘어지는 통에

제대로 딸 수가 없었습니다.

장대낫만 있으면 다 딸 수 있을 것 같았는데,

역시 세상에 쉬운 일은 없는 것 같습니다.

결국 작은 자루 하나씩도 채우지 못한 채

발걸음을 돌릴 수밖에 없었습니다.

며칠 동안 벼르고 별러 올라왔는데

저 귀한 것을 눈앞에 두고 돌아서는 마음,

님께서는 이해하시겠습니까?

그래도 베란다에 걸어두고 차 끓여 마실 정도는 되니

그것으로 만족하라고 하시겠습니까?

저 또한 그렇게 노력은 하겠지만

내려오는 동안에도 마음은 여전히 남아 있으니

어쩌면 준비를 더 단단히 해 2차 원정을 올지도 모르겠습니다.

산중생활 3년이 지났는데도
이렇듯 견물생심에서 벗어나지 못하니
마음을 비운다는 것이
그저 산중에 산다고 되는 것은 아닌 것 같습니다.

알파고

어제 오후 TV를 보다가 심장이 쿵 내려앉았습니다.
세계 바둑 최고수인 이세돌 9단이
인공지능 알파고와의 대결에서
패배를 인정하고 돌을 던졌기 때문입니다.
기계가 인간을 대체할 수 없는 유일한 분야가 지능이었는데
이제 그 최후의 보루마저 무너진 것이었습니다.

기계의 지능이 인간을 넘어섰다,
생각만 해도 소름이 돋고 머리칼이 곤두섰습니다.
그것은 곧 인간의 지능마저
기계가 대신한다는 것을 뜻하기 때문입니다.

양극화, 승자독식사회, 청년실업, 고용절벽…….
지금 우리 눈앞에서 벌어지고 있는
끔찍한 사회문제의 근저에는
바로 저 기계라는 괴물이 자리하고 있습니다.

인간보다 능력이 뛰어난 기계가

인간의 일을 대신하게 되자

대다수의 인간은 힘없이 밀려나고

기계를 가진 소수의 인간이 모든 것을 누리는

승자독식 사회가 되어버렸습니다.

그것이 작금의 현실인데,

이제 마지막 보루로 남아 있던 지능 분야마저 내주게 되면

인간은 정말 무엇을 하며 어떻게 살아야 하는지…….

인간이 기계를 다루는 것이 아니라

기계가 인간을 다루게 되는 것은 아닌지…….

같은 인간으로서 걱정이 아닐 수 없습니다.

그러고 보면

편리하다는 것이 결코 좋은 것만은 아닙니다.

그 또한 지나치면 할 일이 없어지고,

할 일이 없어지면 존재가치가 사라질 것이니까요.

기술혁신과 첨단화.

어쩌면 박수치고 환호할 일이 아니라

온몸으로 막아야 하는 것인지도 모르겠습니다.

흙

드디어 이 녀석이 모습을 드러냈습니다.
언 땅을 뚫고 파릇파릇한 싹을 틔워 올린 어수리.
말 그대로 생명의 경이요 자연의 신비입니다.

어디 어수리뿐이겠습니까?
냉이, 달래, 민들레에서 이름 모를 잡초까지
온갖 화초가 앞을 다투어 싹을 틔우고 있습니다.
태화산에도 어느새 봄이 내려앉았습니다.

매서운 겨울을 견디고 돋아난 새싹.
가만히 그 모습을 보고 있으면
저절로 입이 벌어지고 감탄사가 튀어나옵니다.
생명의 신비에 가슴이 두근거립니다.

하지만 생명은 홀로 설 수 없습니다.
제 아무리 위대한 씨앗이라도
흙이 없으면 싹을 틔울 수 없습니다.

보이지 않는 곳에서 묵묵히 씨앗을 품고 보듬어 주는 흙.
그 흙이 있기에 생명도 빛을 발할 수 있습니다.
그러니 한줌의 흙 또한
생명만큼이나 신비요 경이가 아닐는지요.

며칠 전이 세계 여성의 날이었다지요.
보이지 않는 곳에서 저 싹을 품고 틔워 올린 흙,
하지만 그 싹에 가려 누구도 보아주지 않는 흙.
그 흙과 같은 존재인 여성을 기리는 날이었는데
선거다 뭐다 해서 치고받는 남성들에 밀려
그 또한 조용히 묻혀진 것 같습니다.

그러니 봄볕이 완연한 이번 주말은
파릇파릇 돋아난 새싹을 보며
그 싹을 틔워 올린 흙의 신비를 생각하고
그 흙과 같은 여성의 위대함을 뒤돌아보는
그런 시간이 되었으면 좋겠습니다.

은둔?

김삿갓면 와석리에 있는 조촌이라는 마을입니다.
험한 산길을 따라 2~3km 올라가야 하는
오지 중의 오지 마을입니다.

그렇다고 우습게(?) 보면 안 됩니다.
조선시대 정감록에서 예언한 십승지,
흉년과 전쟁과 전염병이 들어올 수 없는
전국 열 곳 중 한 곳이었으니까요.

조촌趙村이란 마을 이름 또한
기묘사화 때 죽은 조광조의 후손들이
난을 피해 정착한 데서 비롯되었다니
정감록의 예언이 헛된 것만은 아닌 것 같습니다.

저곳뿐이 아닙니다.
김삿갓의 부모가 숨어 살던 노루목에서
6·25때 전쟁이 난 줄도 몰랐다는 가재골까지
김삿갓에는 천혜의 은둔지가 여러 곳 있습니다.

살다 보면 한 번쯤 떠나고 싶을 때가 있습니다.
시끄럽고 골치 아픈 세상을 떠나
얼마 동안 아무도 모르는 곳에 숨어 살며
조용히 삶을 반추하고 싶을 때가 있습니다.

그럴 때면 이곳 김삿갓으로 오십시오.
정감록에서 예언한 천혜의 은둔지
김삿갓의 자연과 정기가
님의 복잡한 머리를 깨끗히 씻어드릴 것입니다.

풀뽑기

꽃샘추위도 물러가고 봄이 완연해진 어제,
어수리밭에 퇴비를 뿌리고 풀을 뽑는 것으로
금년 농사를 시작했습니다.

이제 겨우 땅 위로 얼굴을 내민 어수리.
그 파릇파릇한 새싹을 위해
주변에 돋아난 잡풀을 뽑았습니다.

오랜만의 노동이라 조금은 힘이 들었습니다.
잠시 바위에 걸터앉아 물 한 모금 마시며
이마에 흐르는 땀을 훔쳐내고 있는데
뽑아서 버린 잡초가 눈에 들어왔습니다.

가만히 보고 있으니
조금 측은한 생각이 들었습니다.
저 풀 또한 혹한을 견디고 살아남았는데,
봄을 이끌고 온 똑같은 생명인데,

잡초라는 이유로 뽑혀서 버려져야 하니…….

하지만 어쩌겠습니까?
생명은 생명을 먹어야 생명을 유지할 수 있고,
그러기 위해서는 필요한 것을 선택하고
나머지는 버릴 수 밖에 없는 것을요.
그것이 생명의 원초적 비극인 것을요.
그것이 또한 생태계의 기본질서인 것을요.

굼벵이

밭에서 풀을 뽑는데 이 녀석이 딸려 나왔습니다.
매미인지 풍뎅이인지,
아니면 다른 어떤 녀석인지 모르지만
땅속에서 부화한 애벌레, 굼벵이입니다.

흔히들 곤충은 두 번 태어난다고 합니다.
저 굼벵이가 그 첫 번째입니다.
하지만 저 상태로는 완전한 생이 아닙니다.
다리가 없어 걷지도 못하고
날개가 나지 않아 날지도 못합니다.
느릿느릿 온몸으로 기는 것이 고작입니다.

굼벵이가 곤충이 되기 위해서는
우화의 과정을 거쳐야 합니다.
집을 만들어 번데기가 되었다가
허물을 벗고 다시 태어나야 합니다.
그래야 날 수 있고 걸을 수 있는
매미가 되고 풍뎅이가 될 수 있습니다.

사람도 진정한 인간이 되기 위해서는

두 번 태어나야 한다고 합니다.

어머니의 뱃속에서 나온 첫 번째 출생은

저 굼벵이와 같은 생물학적인 삶이요,

진정한 인간의 삶을 살기 위해서는

영적으로 다시 태어나야 한다고 말입니다.

그것을 김흥호 목사는 한마디로 정의하셨습니다.
"어머니가 낳은 나는 내가 아니다. 내가 낳은 내가 나다."

생각해보면 제가 이곳 태화산으로 내려온 것도
영적으로 거듭나기 위해서인지 모릅니다.

내가 누구인지, 왜 사는지, 어디로 가는지…….
생물학적인 삶에 급급해 외면하고 회피했던 것들을 고민하며
'내가 낳은 나'로 다시 태어나고 싶어서 말입니다.

하지만 여기서도 먹고사는 데 급급해 등한시하고 있었는데,
저 굼벵이가 그것을 일깨워 주기 위해
제 앞에 모습을 드러낸 것 같습니다.

삶에 대한 성찰과 고민.
저 굼벵이의 계시를 받들어
이제부터라도 게을리하지 않겠습니다.

막장

지난 주말 인근의 북면 마차리에 있는
강원도 탄광문화촌에 다녀왔습니다.
국내 최초의 탄광이었던 영월광업소 현장을
박물관 형태로 리모델링한 곳이었습니다.

당시의 광산촌을 재현한 생활관을 돌아본 뒤
좁은 굴을 따라 갱도 안으로 들어갔습니다.
곳곳에 만들어 놓은 채광 모습을 살펴보며
100여 미터쯤 들어가자 막다른 벽이 앞을 막아섰습니다.
막장 막장 하는 바로 그 막장이었습니다.

더는 나아갈 수 없는 막다른 벽.
그 벽을 깨고 부수며 석탄을 캐던
광부들의 모습이 눈앞에 아른거려
잠시 콧날이 시큰했습니다.

현실적으로 일어나기 힘든 황당한 상황과 논리,

치고받고 얽히고설킨 자극적인 내용과 전개.
그런 드라마를 언제부턴가 막장드라마라 부릅니다.

무에서 유를 창조한 산업화의 상징인 저 막장을
왜 그런 엉터리 드라마에 갖다 썼는지 알 순 없지만
제 나름대로 이해를 하자면
되든 말든 갈 데까지 가 보자는 끝장심리가
막장과 유사하다고 본 것이 아닌가 싶습니다.

그런데 그런 막장드라마가
방송이 아닌 현실에서 벌어지고 있습니다.
공천을 놓고 벌이는 여야 정치권의 난장판 싸움.
알아서 나가라, 차라리 내 목을 쳐라,
최고위를 해체하라, 공관위를 먼저 해체하라,
그것도 모자라 '논개작전'에 난데없는 '옥새투쟁'……
다른 한쪽에서 벌어지는 '이삭줍기'에 '셀프공천'까지…….

그 어떤 작가도 쓰지 못하는 막장 현실이
일일연속극처럼 매일같이 벌어지고 있습니다.
서민들은 먹고 살기 힘들어 죽을 맛인데 말입니다.

드라마는 보기 싫으면 꺼버리면 됩니다.
하지만 정치는 우리네 삶과 직결되어 있으니
보기 싫다고 눈을 감을 수도 없습니다.

그러니 저 막장정치를 없애는 유일한 방법은
다가오는 선거에서 퇴출시키는 것인데
글쎄요, 그게 가능할지는 저도 잘 모르겠습니다.

향수?

자료실에서 찾은 80년대 사진이 아닙니다.

산길을 내려가다 직접 눈으로 본 풍경입니다.

물론 촬영을 위해 연출을 한 것도 아닙니다.

가난한 농부의 어쩔 수 없는 상황은 더더욱 아닙니다.

사진 속의 주인공은 마을의 대농입니다.

농사도 많이 짓고 트렉터도 가지고 있습니다.

그런데도 저렇게 소를 몰며 밭을 가는 것은

비탈길에서는 그것이 더 효과적이기 때문입니다.

세상사에는 언제나 예외가 있습니다.

역설도 있고 반전도 있습니다.

기계화 또한 그런 것 같습니다.

손으로 하던 것을 기계로 하면

당연히 몇 배 몇십 배 능률이 오르겠지요.

하지만 반드시 그런 것은 아닌 것 같습니다.

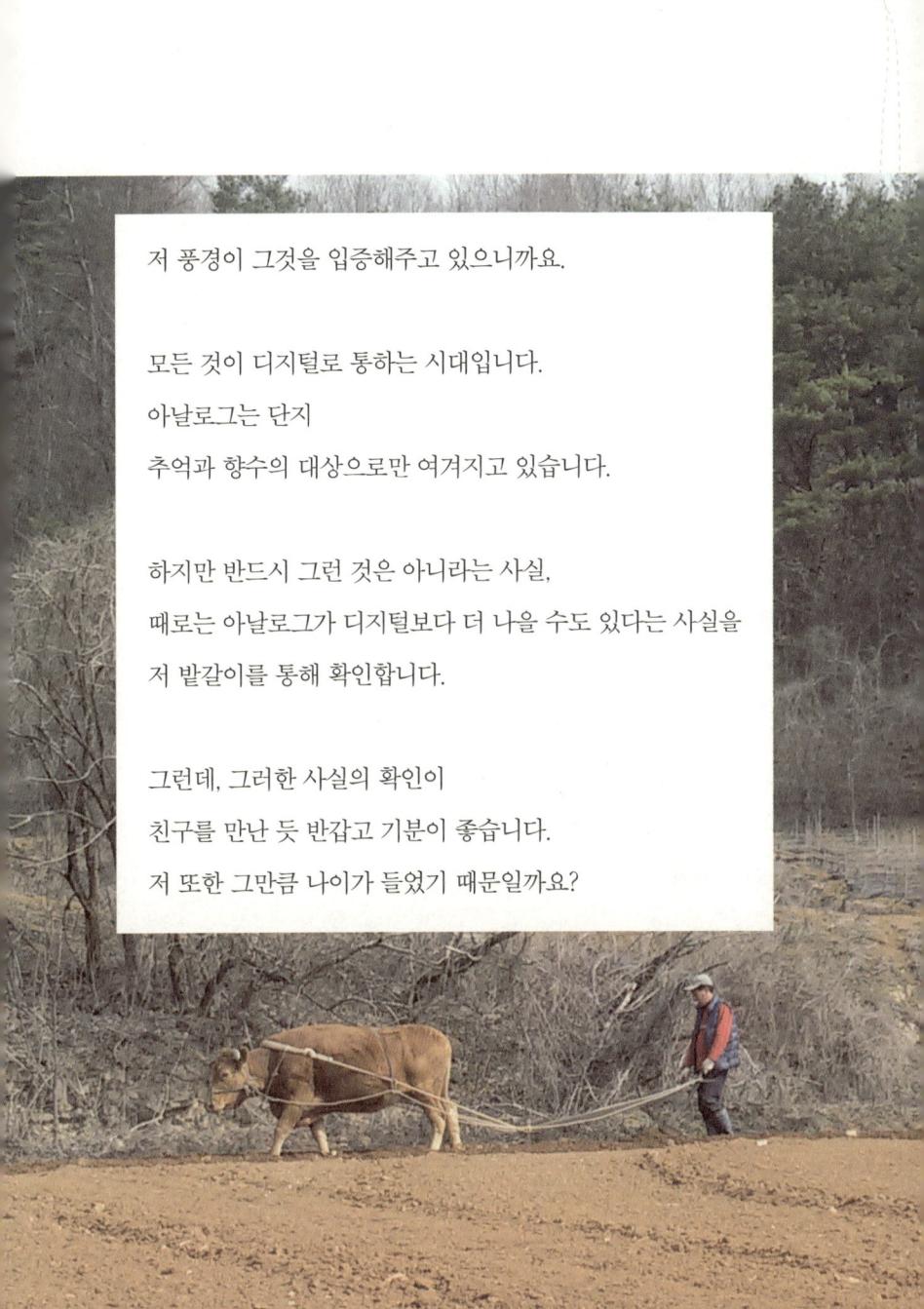

저 풍경이 그것을 입증해주고 있으니까요.

모든 것이 디지털로 통하는 시대입니다.
아날로그는 단지
추억과 향수의 대상으로만 여겨지고 있습니다.

하지만 반드시 그런 것은 아니라는 사실,
때로는 아날로그가 디지털보다 더 나을 수도 있다는 사실을
저 밭갈이를 통해 확인합니다.

그런데, 그러한 사실의 확인이
친구를 만난 듯 반갑고 기분이 좋습니다.
저 또한 그만큼 나이가 들었기 때문일까요?

실패?

샛노란 빛깔의 가루.

사진 속의 저 유혹적인 가루가 무엇인지 아시겠습니까?

호박고구마를 쪄서 말린 고구마 가루입니다.

밥을 할 때 쌀 위에 살짝 뿌리면

달콤한 고구마향이 오감을 자극합니다.

하지만 저 가루는 만들려고 만든 게 아닙니다.

정작 만들려고 한 것은 말랭이입니다.

감말랭이, 사과말랭이, 고구마말랭이 등으로

말랭이 3종세트를 만들어볼 생각이었습니다.

시험삼아 해보니 다른 건 좋은데 고구마가 문제였습니다.

감말랭이처럼 쫀득쫀득하게 만드니

맛은 좋은데 입에 쩍 달라붙어 먹기가 불편했습니다.

안 되겠다 싶어 스낵처럼 바싹 말리니

이번에는 너무 딱딱해 문제가 되었습니다.

그래서 좀더 생각해 가을에 다시 해 보기로 했는데
문제는 그렇게 만들어진 부산물이었습니다.
너무 딱딱해 먹을 수도 없고,
그렇다고 아까운 것을 그냥 버릴 수도 없고…….

며칠 고민한 끝에 믹서기에 넣고 갈았습니다.

그랬더니 저렇게 빛깔좋은 고구마 가루가 되었습니다.
실패의 부산물이 어엿한 새 상품이 되었습니다.

찾아보면 새로운 상품의 개발이나 발명 중에는
실패에 따른 부산물을 활용한 경우가 많습니다.
실패를 실패로 인정하지 않고
그것을 활용할 새로운 방법을 찾는 것.
그것 또한 개발이요 발명일 것이니까요.

그러고보면 실패란 애당초 없는 것인지도 모릅니다.
원하는 결과가 아니라 해도
실패라 단정하고 중단하지 않는 한
그것은 실패가 아니니까요.
오히려 또다른 시도의 출발점일 것이니까요.

자리

와송 심을 밭에서 풀을 뽑다 보면
비닐구멍 위로 이따금 냉이가 자라 있습니다.
그럴 때면 잠시 손이 멈춰집니다.
두었다가 나중에 캐서 국이라도 끓여 먹을까?
아니면 그냥 뽑아버릴까?

예전에는 십중팔구 전자를 택했습니다.
도시에서는 돈을 주고 사 먹는 것인데
뽑아버리자니 너무 아까웠기 때문이었습니다.

요즘에는 대부분 후자를 선택합니다.
필요하면 다른 곳에서도 찾을 수 있으니
와송밭에 드문드문 자라는 것은
결국 잡초나 마찬가지이기 때문입니다.

그렇습니다.
유용하고 쓸모가 있다는 것이

잡초와 작물을 구분하는 전부가 아닙니다.

자리 또한 그에 못지 않게 중요합니다.
와송밭의 냉이, 냉이밭의 와송은 결국 잡초일 뿐입니다.
더러 요긴하게 쓰이는 경우가 있다 해도 말입니다.

사람에게도 자기에게 맞는 자기 자리가 있습니다.
그 자리를 찾아 뿌리를 내리고 살면 행복하지만
그러지 못하고 남의 자리나 기웃거리면
결국은 저 냉이의 신세가 될지 모릅니다.
조금 재주가 있고 능력이 있다 해도 말입니다.

그러니 능력도 좋고 재주도 있어야겠지만
그에 못지 않게 자기 자리를 찾아야 합니다.
태어날 때 하늘로부터 부여받은 자기 자리,
천직이라고 하는 그 자리를 찾아 살면
조금은 힘이 들고 경제적으로 부족해도
마음은 더없이 평온하고 행복할 수 있으니까요.
제게 있어 이 태화산이 그러하듯 말입니다.

달

새벽녘에 문득 잠에서 깨었습니다.
보이지 않는 곳에서 누군가가 부르는 듯한 느낌,
그 알 수 없는 분위기에 저절로 눈이 떠졌습니다.

핸드폰을 켜 시간을 확인하니 새벽 3시경.
한낮에도 인적이 드문 산중인데
이 새벽녘에 찾아와 부를 이가 어디 있겠습니까?

아무래도 꿈결에서 들은 듯하여
다시 눈을 감으려는데
창틈으로 들어오는 으스름한 빛이 보였습니다.

"아, 저거였구나. 저 달빛의 노크였구나."
그제서야 저는 알 수 없는 분위기의 실체를 확인하고
자리에서 일어나 살며시 창문을 열었습니다.

별도 없는 새벽하늘에 홀로 떠 있는 하현달.

저 달 또한 진한 외로움을 견디지 못해
부끄러움을 무릅쓰고 이 깊은 산중의 창을 두드리는 것인데
어찌 모르는 척 외면할 수 있겠습니까?

차가운 바람을 맞으며 잠시 맑고 시린 달을 바라보고 있자니
그 옛날 윤선도가 지었다는 오우가五友歌가 생각이 납니다.

　작은 것이 높이 떠서 온 세상을 다 비추니
　한밤중의 광명이 너보다 더한 것이 또 있겠느냐?
　보고도 말을 하지 않으니 나의 벗인가 하노라.

글쎄요, '한밤중의 광명'까지는 모르겠지만
이렇듯 새벽녘의 은밀한 만남을 즐기고 있으니
저 달은 제게도 귀한 벗이 아닌가 싶습니다.

그리고 저 달과 같은 벗이 제게도 몇몇 있으니
어쩌면 저도 조만간 다섯 벗을 골라
신오우가新五友歌를 써야 할지도 모르겠습니다.

태화산 월령가

4월

"어수리"

깊은 산속 외로움은 맛으로 농축하고
사무치는 그리움은 향기로 빚어내니
봄날의 입맛돋움 너만한 게 또 있으랴

몸살

어제 오후 마당가에 텃밭을 일구고
밭가에 있던 부추를 옮겨 심었습니다.
손 닿는 곳에 심어 두고
필요할 때마다 쉽게 쓰기 위해서였습니다.

풀을 뽑고 돌을 골라낸 다음
퇴비를 뿌리고 골을 만들었습니다.
그 위에 뽑아온 부추를 정성껏 심었습니다.
때마침 봄비도 흩뿌렸습니다.
다 심어 놓고 보니
메마르고 황폐한 언덕배기에 비하면
궁전과도 같은 부추밭이 되었습니다.

그런데도 아침에 나와 보니 부추 꼴이 말이 아닙니다.
줄기는 흐느적거리고 잎은 축 늘어져
제대로 살까 걱정이 될 정도입니다.

아무리 좋고 기름진 땅이라 해도

새로운 곳에 자리를 잡고 뿌리를 내리려면

어느 정도의 시간과 고통은 피할 수 없습니다.

우리는 그것을 몸살이라 부릅니다.

사람 또한 마찬가지입니다.
낯익은 환경에서 벗어나 새롭게 변화하기 위해서는
저 부추처럼 몸살의 과정을 거쳐야 합니다.

힘이 들고 고통스럽지만
몸살은 새로운 삶을 위한 성장통과 같습니다.
그것이 두려워 변화를 피하고 주저하면
정체되고 퇴보할 뿐 발전이란 없습니다.

지금은 저래도 며칠만 지나면
저 부추는 굳건히 자리를 잡고
전보다 더 크고 튼실하게 자랄 것입니다.

몸살을 이겨내고 새로운 환경에 적응하면
이전과는 다른, 새로운 세상이 열릴 것이니까요.
제게 있어 귀농이 그러하듯 말입니다.

폐광산

전에도 몇 번 소개한 모운동에 있는 폐광산입니다.
한때는 상주 인구 1만이 넘는 광산도시였으나
지금은 인적도 드문 첩첩산중의 오지,
사방에 뒹구는 색바랜 폐석들만이
스러져간 옛 영화를 일깨워주고 있습니다.

그런 모운동을 돌아보는 것이 벌써 몇 번째지만
그래도 이곳에 오게 되면
또 이렇게 옷깃을 여미고 걸음을 조심하게 됩니다.

이 깊은 산중에서 목숨을 내걸고
굴을 파고 석탄을 나르던 광부들의 모습이
주마등처럼 눈앞에 펼쳐지기 때문입니다.

화려한 마네킹의 뒷면에는
무수한 바늘이 꽂혀져 있다고 하지요.
이곳에 오면 그것을 실감하게 됩니다.

지금 우리가 누리는 영화의 뒤안길에는
저 막장 속에서 피땀 흘려 일하신
수많은 광부들이 있었으니까요.

하지만 석탄산업의 쇠퇴와 더불어 저 광산 또한 문을 닫았고
그분들 또한 역사의 뒤안길로 사라져 갔습니다.
진폐증이란 병마를 훈장(?)처럼 달고서 말입니다.

그래서 저는 이곳에 올 때마다 다짐을 합니다.
이곳에서 펼쳐진 그분들의 삶과 애환.
그것으로 대변되는 한 마을의 흥망성쇠,
나아가 한 산업, 한 시대의 흥망성쇠를
작품으로 남기고 싶다고 말입니다.

언제가 될지는 모르지만, 언젠가의 그날을 위해
틈틈이 관계되신 분들의 얘기를 듣고
관련 자료도 모으고 있습니다.

혹여라도 이곳 모운동과 관련된
경험이나 자료를 보유한 님이 계시면 연락 주십시오.
의미 있는 작품, 함께 만들고 싶습니다.

철광석

어제 소개한 폐광산을 둘러보는데

이 돌이 눈에 띄었습니다.

색바랜 폐석 사이에서 반짝반짝 빛을 내는 돌.

안에 철이 섞인 철광석입니다.

"들어 봐. 다른 돌보다 무거울 거야."
안내를 해 주신 이 마을의 산증인, 김흥식 이장님이
그 돌을 집어 제게 건네주며 말씀하셨습니다.

아닌 게 아니라 무척 무거웠습니다.
웬만한 돌 무게의 두 배는 될 것 같았습니다.

"철이 들어 있어 그래. 사람도 철이 들면 무거워지잖아."
조크라고 한 마디 던지고 이장님은 빙그레 웃었습니다.

그렇습니다.
돌이라고 다 같은 돌이 아닙니다.
물에도 뜨는 부유석이 있는가 하면
쇠처럼 무거운 저런 철광석도 있습니다.
겉으로 보기에는 그 돌이 그 돌 같지만
속은 그렇듯 천지 차이입니다.

사람도 마찬가집니다.
겉으로 보이는 외형이야 다 엇비슷하지만
안에 들어 있는 것은 천차만별입니다.

아무 것도 든 게 없어
콧바람에도 날리는 사람이 있는가 하면
저 철광석처럼 무거워
태풍이 불어도 꿈쩍도 않는 사람이 있습니다.

그렇다면 나는 어느 쪽일까? 생각해 봅니다.
마음이야 저 철광석과 같다고 우기고 싶은데,
그렇게 생각하니 얼굴이 화끈거립니다.

그래서 다만
저 돌을 책장에 모셔놓고 닮도록 노력하겠다,
하는 약속의 말씀만 드리겠습니다.

저는 그런데 님은 어떻습니까?
님은 저 철광석을 얼마나 닮았습니까?

생각의 전환

어제도 어수리밭에서 풀을 뽑았습니다.
그동안의 편지로 웬만큼 짐작을 하시겠지만
제가 하는 농삿일은 80~90%가 제초작업입니다.

허구헌날 밭고랑에 쪼그려 앉아 풀과 씨름하는 일.
노동도 그런 중노동이 없습니다.
전문 농사꾼조차 혀를 내두르는 일입니다.
제초작업만 없으면 농사도 지을 만하다는 말이
공공연한 사실처럼 회자되고 있습니다.

하지만 저는 그렇지 않습니다.
허리가 아프고 어깨도 뻐근하긴 하지만
나름대로 그 일을 즐기고(?) 있습니다.
그 때가 제게는 사색의 시간이기 때문입니다.

물론 처음부터 그런 것은 아니었습니다.
귀농 초기에는 저도 힘들고 답답했습니다.

매일같이 반복되는 단순하고 무식한(?) 일.
정말 미치고 환장할 노릇이었습니다.

그래서 생각을 바꿨습니다.
풀을 뽑는 그 시간에 생각에 집중했습니다.
호미질을 하며 〈태화산 편지〉의 화두를 생각했고,
어떻게 풀어나갈지 전체적인 윤곽을 잡았습니다.
조합에서 할 일과 구체적인 방법도 생각했습니다.
풀을 뽑는 것은 그런 생각을 하는 데 필요한
리듬 맞추기 정도로 치부했습니다.

그렇게 생각을 바꾸고 적응을 하니
미치고 환장할 중노동의 시간이
제게는 오히려 아이디어를 떠올리고 생각을 가다듬는
사색의 시간이 되었습니다.

믿기 어려우실지 모르지만
요즘에는 사색을 위해 일부러 호미를 잡는 경우도 있습니다.
편지 중에 제초와 관련된 화두가 많은 것도 그 때문입니다.

생각이 바뀌면 많은 것이 달라진다고 했습니다.
저는 그것을 몸으로 체득했고, 지금도 체험하고 있습니다.
그래서 자신있게 말씀드릴 수 있습니다.

혹여 님께서 직면한 작금의 상황이
힘들고 고통스럽다면 생각을 바꿔 보십시오.
그것만으로도 많은 것이 달라질 것입니다.
제게 있어 저 풀뽑기가 그렇듯이 말입니다.

물레방아

일이 있어 김삿갓계곡길을 지나는데
저 물레방아가 눈에 띄었습니다.
오랫만에 보는 정겨운 아날로그 풍경,
차를 세우고 밖으로 나왔습니다.

물을 쏟아내며 쉼없이 돌아가는 물레방아.
옆에 서서 가만히 그 모습을 보고 있으니
기껏해야 가사 몇 마디 기억하고 있는
〈물레방아 인생〉이란 노래가 생각납니다.

　　세상만사 둥글둥글 호박 같은 세상 ~
　　돌고 도는 물레방아 인생 ~

젊었을 때는 인생이 둥글다는 것을 몰랐습니다.
그저 열심히 뛰고 달리며 앞으로 쭉쭉 뻗어나가는
직선으로 알았습니다.
그래서 뒤도 돌아보지 않고 달렸습니다.

그렇게 나이를 먹고 나서 뒤돌아보니
그 자리가 그 자리였습니다.
윤태규의 〈마이웨이〉란 노래의 가사처럼
"아주 멀리 왔다고 생각했는데 뒤돌아볼 곳 없"고,
"정말 높이 올랐다 생각했는데 내려다볼 곳이 없"었습니다.
잠시도 쉬지 않고 앞으로 나아가지만
늘 그 자리에서 맴도는 저 물레방아와 같은 것.
인생도 그런 것임을 비로소 깨달았습니다.

그러니 중요한 것은 목적이 아닙니다.
하루 하루 마주치는 삶의 과정입니다.
있지도 않은 결승점을 향해 죽자사자 뛰는 게 아니라
지금 이 순간을 돌아보며 즐기는 것입니다.
어차피 인생은 돌고도는 저 물레방아와 같은 것이니까요.

초엽鞘葉

집사람도 없는데 손님들이 온다길래
된장국이라도 끓이려 냉이를 캐 다듬었습니다.
물에 깨끗이 씻은 다음 뿌리를 잘라내고
누렇게 변한 초엽을 떼어 버렸습니다.
무심코 그렇게 작업을 하고 있는데
어느 순간 갑자기 콧날이 시큰해졌습니다.
저 초엽의 운명이 너무 가혹하다는 생각이 들었기 때문입니다.

알고보면 저 냉이를 있게 한 것이 바로 초엽입니다.
언 땅을 뚫고 지상으로 나온 것도 초엽이요,
생장점을 감싸 어린 싹을 보호하는 것도 초엽입니다.
맨 앞에 서서 삶을 개척한 초엽이 있기에
연하고 푸른 잎이 뒤따라 나올 수 있고,
저렇듯 귀한 대접도 받을 수 있습니다.

하지만 그로 인해 누렇게 변색된 초엽은
저렇듯 떼어져 수채통에 버려져야 하니…….

어쩌면 저것이 바로 개척자의 운명인지도 모르겠습니다.

제가 대학을 다니던 80년대는
민주화 운동이 들불처럼 번지던 시기였습니다.
독재에 맞서 민주주의를 쟁취하기 위한 투쟁.
그 힘들고 위험한 싸움의 최일선에 선 것이
소위 말하는 운동권이었습니다.

때로는 목숨까지 내걸고
맨 앞에 서서 투쟁한 그들이 있었기에
한국의 민주주의는 꽃을 피울 수 있었고,
오늘 우리는 이만큼이나마 자유를 누리고 있습니다.

그런데 그런 그들이 총선 과정에서 난자를 당하고 있습니다.
여야를 불문하고 운동권 때문에 친노 때문에 아무 것도 안 된다,
입에 거품을 물고 있습니다.
목숨을 걸고 민주화를 이룩한 그들에게
파렴치한의 낙인을 찍어 몰아내려 하고 있습니다.
꼭 저 초엽처럼 말입니다.

당시 동시대를 살았던 한 사람으로서

그 대열에 함께 하지 못한 저는

늘 그들에게 시대의 빚을 지고 있다는 생각을 합니다.

그렇다고 지금의 그들을 두둔할 생각은 없습니다.

역할이 끝났으면 물러서야 하고,

계파로서의 운동권은 해체해야 한다는 데에도 동의합니다.

하지만 아무리 그래도

최소한의 예의는 갖춰야 하지 않을까 싶습니다.

목숨을 걸고 민주화운동을 한 것을,

맨 앞에 서서 이 땅의 민주주의를 꽃피운 것을

운동권이라는 낙인 속에 가둬

부끄럽고 창피한 일로 만들어서야 되겠습니까?

저 떼어낸 냉이의 초엽과 그들을 동일시하는 일.

인간으로서 참으로 부끄러운 그 일을

저 또한 다시는 하지 않았으면 좋겠습니다.

투표

본밭에 옮겨 심을 와송 모종입니다.
같은 곳에서 겨울을 났지만 차이가 많습니다.
굵고 튼실한 모종이 있는가 하면
가늘고 비실비실한 것도 있습니다.

이식을 하다 그런 모종을 집어들면 고민에 빠집니다.
심어봐야 제대로 클 것 같지도 않은데
힘들여 심을 필요가 있을까?
풀밭으로 휙 던져버리고 싶은 생각도 듭니다.

하지만 이내 고개를 흔듭니다.
자리가 없다면 모를까,
심을 자리가 있으면 그것이라도 심어야 합니다.
시원찮다고 내던지고 자리를 비워두면
그보다 더 해로운 잡풀이 무성해
주변에까지 악영향을 끼치기 때문입니다.
그러니 시원찮은 모종이라도 심는 것이

포기하고 내버리는 것보다 훨씬 낫습니다.

총선 투표일이 내일로 다가왔습니다.
마음에 드는 후보가 있으면 다행이지만
지난 공천과정을 보면 다 거기서 거기라
투표장에 가고 싶은 마음이 없습니다.
님 또한 같은 심정인지 모르겠습니다.

하지만, 그래도 투표는 해야 합니다.

마음에 드는 후보가 없으면 차선의 후보,

차선의 후보조차 없으면

차악의 후보라도 선택해야 합니다.

그래서 최악의 후보가 당선되는 것을 막아야 합니다.

최선의 후보를 뽑는 것만큼이나

최악의 후보를 막는 것 또한 중요하기 때문입니다.

시원찮은 모종이라도 심어서

잡풀의 번성을 막아야 하는 것처럼 말입니다.

투표일을 하루 앞둔 지금,

우리는 다시 한번 상기해야 합니다.

사상 최악의 전범인 독일의 히틀러도

선거를 통해 등장했다는 사실을요.

더구나 나치의 총통 선거에서는

단 한 표 차이로 당선되었다는 사실을요.

그러니 최선의 후보가 없으면

최악의 후보를 막기 위해서라도

투표는 해야 한다는 사실을요.

태화산 마트

밭에서 일을 하고 내려오다 마트에 들렀습니다.
봄을 맞아 새롭게 문을 연 태화산 마트.
파릇파릇한 봄나물이 곳곳에 진열되어 있습니다.

어제는 땅두릅에 눈이 갔습니다.
누렇게 말라 부서진 줄기 사이에서
땅을 뚫고 올라온 초엽의 새순.
먹기 좋게 자란 것만 골라 땄는데도
이내 그릇이 수북했습니다.

집에 들어와 물을 끓여 데쳤습니다.

연푸른 순이 익어가며 내뿜는 봄날의 향기.
초장을 찍어 입에 넣고 씹으니
쌉싸래한 맛과 향이 입안 가득 번졌습니다.
나른한 몸에 기운이 돌고 없던 입맛이 살아났습니다.

땅두릅뿐이 아닙니다.
냉이, 달래, 민들레 같은 것은 기본이고
참두릅, 취나물, 고사리, 금낭화에 어수리까지
태화산 마트에는
입맛을 돋구는 다양한 봄나물이
자연 상태 그대로 진열되어 있습니다.

조영남의 〈화개장터〉 가사처럼
있어야 할 건 다 있고, 없는 건 없는 마트.
지갑을 가져오지 않아도
군말 없이 다 내어주는 마트…….

비록 산중의 한적한 마트지만
도시의 그 어느 마트보다
신선한 상품으로 활기가 넘치는 태화산 마트.

어떻습니까?
구경이라도 한번 해 보고 싶지 않으십니까?
마음이 동하면 언제든지 오십시오.
연중무휴로 24시간 개방되어 있고
막아서는 경비원도 없으니까요.

이면

조합 사무실이 있는 외룡리의 마을길을 지나다
어느 집 마당가에 피어 있는 저 꽃을 보았습니다.
가지마다 다닥다닥 피어 있는 복숭아꽃.
불꽃처럼 넘실대는 붉은 유혹에 이끌려
저도 모르게 가까이 다가갔습니다.

정말 꽃폭탄이라도 터진 것 같았습니다.
경쟁이라도 하듯 가지마다 앞다투어 피어난 꽃.
나무 전체가 불에 타고 있는 것 같았습니다.

그렇게 넋을 잃고 보고 있는데
문득 한쪽 끝에 빈 가지가 눈에 띄었습니다.
꽃 속에 파묻혀 잘 보이지는 않지만
비쩍 마른 가지에 이파리만 서너 개 달고 있습니다.

그렇구나,
꽃폭탄이라해도 다 그런 것은 아니구나,

그 속에는 저렇게 빈 가지도 있구나…….

무엇인가 머리를 툭 때리는 것 같아
정신을 차리고 자세히 살펴 보았습니다.

정말로 가지마다 다 달랐습니다.
빽빽하게 꽃을 피운 가지가 많긴 하지만
드문드문 서너 송이 달고 있는 가지도 있고,
하나도 없는 가지도 보였습니다.
다시 한번 고개가 끄덕여졌습니다.

생각해보니
사람 세상도 그런 것 같습니다.
아무리 기쁘고 좋은 일이라도
모두에게 그런 것은 아닌 것 같습니다.

그 뒤에는 분명
그로 인해 소외되고 눈물짓는 이도 있을 것입니다.
꽃폭탄에 묻혀 있는 저 빈 가지처럼
환호 속에 파묻혀 보이지 않을 뿐입니다.

그러니 기쁘고 즐거운 일이 있을 때에도

그로 인해 눈물짓는 사람은 없는지,

한번쯤 뒤돌아 보고 헤아려 보는 것.

함께 사는 세상의 배려가 아닌가 싶습니다.

어수리나물밥

밭에서 뜯어온 어수리를 삶아 무쳤습니다.
하얀 쌀밥 위에 잘게 자른 어수리를 듬뿍 넣고
달래간장으로 양념을 해 비볐습니다.

그 짧은 시간에도
눈이 동하고 코가 벌름거렸습니다.
한 숟가락 떠서 입에 넣고 씹었습니다.
부드러운 식감에 향긋한 향과 감치는 맛…….
제게 문장력이 조금 있다 한들
그 오묘한 맛과 향을 어떻게 말로 표현하겠습니까?

그렇습니다. 바로 저것입니다.
저것이 제가 선택한 어수리의 대표 레시피요,
슬로시티 김삿갓의 새로운 슬로푸드,
영월군의 새로운 향토음식으로 만들고자 하는
어수리밥상의 메인메뉴입니다.

어떻습니까?

님께서도 눈이 동하고 코가 벌름거리지 않습니까?

아침부터 이렇게 불을 질렀으니

원하시는 님께는 판매도 해야 하는데

조금 걱정이 되기도 합니다.

재배 물량이 적은데다

건나물 세트, 장아찌 세트 등

조합에서 상품을 만드는 데 써야 해서

생나물로 판매할 양이 많지 않기 때문입니다.

그래도 예전부터 어수리 어수리 했으니
생나물 맛을 한 번은 보여드려야 될 것 같고,
또 아침부터 지은 원죄(?)도 있으니
제가 재배한 것은 님들 우선으로 활용하겠습니다.

다만, 주문이 많으면
조합 계획에 차질이 빚어질 수 있고
제 몸도 배겨나지 못해
편지를 쓰는 데 지장이 있을 것이란 협박(?)도
함께 드리겠습니다.

때

어제 어수리에 관한 글을 올리며
부탁도 드리고 협박(?)까지 했는데도
많은 님께서 주문을 해 주셨습니다.

덕분에 비가 그친 오후부터
팔을 걷어 부치고 수확에 나섰습니다.
집 뒤에 있는 작은 밭,
차례차례 뜯어 가장자리에 이르렀을 때
사진처럼 앳된 녀석들이 눈에 띄었습니다.
새로 올라온 1년생 모종이었습니다.

형태로 보아 씨를 뿌린 것이었습니다.
하지만 아무리 기억을 더듬어 봐도
지난해에는 씨를 뿌린 적이 없습니다.
어디선가 날아와 저렇게 줄맞춰 싹텄을 리도 만무합니다.

도대체 어찌된 영문인지 몰라

머리를 절레절레 흔들고 있는데
불현듯 생각이 떠올랐습니다.

재작년에 파종한 것이
땅 속에서 1년을 더 보내고
이제사 얼굴을 내민 것이었습니다.

순간 가슴이 뜨끔했습니다.
제때 싹이 나지 않는다고 죽은 것이 아니라는 사실,
이처럼 뒤늦게 싹이 틀 수도 있다는 사실을
직접 눈으로 확인했기 때문입니다.

생각해 보면 사람의 경우도 예외가 아닙니다.
지금 내가 한 일의 성과가 바로 나타날 수도 있지만
많은 시간이 흐른 뒤에야 나타나는 경우도 있습니다.
심한 경우 죽은 뒤에 인정을 받기도 합니다.

그러니 제때 제때 성과가 나타나지 않는다고
실패한 것이 아닙니다.
누가 알아주지 않는다고 잘못된 것도 아닙니다.

저 어수리 모종처럼
뒤늦게 성과가 나타날 수 있고,
많은 시간이 흘러 꽃을 피울 수도 있으니까요.

그러니 내가 선택한 나의 길이라면
눈에 보이는 성과가 없다 해도
포기하지 말고 끝까지 가야 합니다.

성과는 저렇듯 뒤늦게라도 나타날 수 있지만
안 된다고 포기하면
그 가능성마저 사라지고 말 테니까요.

맥베드

지난 금요일 저녁, 간만에 연극 한 편 때렸습니다.

어수리 수확이다, 단종제 준비다,

눈코 뜰새 없이 바빴지만

셰익스피어 원작의 유명한 비극 〈맥베드〉,

그 수준 높은 작품의 유혹을 뿌리칠 수 없어

저녁을 먹고 산책 삼아 다녀왔습니다.

이렇게 말씀드리니 님께서는 의아해 하시겠지요.

그게 도대체 무슨 소리냐?

그 촌구석에서 산책 삼아 연극이라니?

이해가 되지 않아 다시 읽어 보실지도 모르겠습니다.

하지만 한 치의 거짓도 없는 사실입니다.

지난해, 이곳에서 10여 분 거리에 있는

영춘면 만종리로 내려온 대학로극장에서

화제의 연극 〈맥베드〉를 공연한 것이었습니다.

명불허전이라고 정말 멋진 공연이었습니다.

뛰어난 작품성과 배우들의 수준 높은 연기,

수시로 찌릿찌릿 전율이 느껴졌습니다.

이런 곳에서 그런 연극을 볼 수 있다는 것이

행운이라는 생각마저 들었습니다.

지역주민이라고 관람료도 내지 않은 것이 미안할 정도였습니다.

뉴스를 보니 그 〈맥베드〉가

이번 주말부터 서울에서 공연된다고 합니다.

그렇다면 서울에 앞서 이곳에서 먼저 공연된 것이니

귀농귀촌을 꺼리는 이유로

낙후된 문화여건 운운하는 것은

그저 핑곗거리에 불과하지 않겠습니까?

그런가 하면 이번 주말(4.29~5.1)에는

영월 읍내에서 제50회 단종문화제가 개최됩니다.

특히 메인행사로 열리는 단종대왕 국장國葬 재현은

유네스코 등재를 추진할 정도로

세계적으로도 주목을 받고 있습니다.

그러니 이번 주말에는 영월로 오십시오.

국제슬로시티 영월(김삿갓면)의 자연과 더불어

도시에서는 느끼지 못하는

색다른 문화적 흥취를 즐기실 수 있습니다

낙화

열흘 동안 붉은 꽃이 없다고 했던가요?
태화산을 붉게 물들였던 복숭아꽃도
불어오는 바람에 꽃잎이 다 떨어졌습니다.

춤을 추듯 흩날리는 붉은 꽃잎.
세상을 붉게 물들였던 화려한 꽃의 낙화가
서글프기보다 아름답게 느껴지는 것은
이형기 님의 시 「낙화」 때문이 아닌가 싶습니다.

　　가야 할 때가 언제인가를
　　분명히 알고 가는 이의
　　뒷모습은 얼마나 아름다운가……

그렇습니다.
떨어질 때임을 알고 떨어지는 꽃잎은
서글픈 게 아니라 아름답게 느껴집니다.
꽃이 져야 열매가 열림을 알고,

열매를 위해 자리를 비워주는 것이기 때문입니다.

저 한송이 꽃이 그러할진대
사람이야 더 말해 무엇하겠습니까?

하지만 우리 주변에는
저 꽃잎처럼 떨어질 때를 알지 못하고

언제까지나 꽃으로 남으려는 이들이 많습니다.
국민을 위한다는 지도자들이 특히 그러합니다.

내가 어떻게 피운 꽃인데, 운운하며
만개의 화려함에 취해
영원히 지지 않을 꽃인양 매달리고 있습니다.
그 미련이 꽃을 추하게 하고
열매조차 맺지 못하게 하는데도 말입니다.

그래서일까요.
열매를 위해 꽃잎을 떨군 저 꽃진 자리가
오늘따라 더 아름답게 빛이 납니다.
이형기 님의 시구와 함께 말입니다.

> 가야 할 때가 언제인가를
> 분명히 알고 가는 이의
> 뒷모습은 얼마나 아름다운가…….

방향스위치

벽에 못을 하나 박으려 전동드릴을 돌렸습니다.
손잡이를 당기자 윙윙 소리를 내며 돌아가는데
회전만 할 뿐 못이 들어가질 않았습니다.
방향스위치가 반대로 되어 있어
드릴이 거꾸로 회전하는 것이었습니다.

동작을 멈추고 방향스위치를 눌러
회전 방향을 바꿨습니다.
그러고 다시 돌리니 못이 힘을 받아
원하는대로 쑥쑥 들어갔습니다.

생각해 보면
정방향이든 역방향이든
드릴이 돌아가는 속도나 힘은 같습니다.
다만 방향스위치가 어디냐에 따라
못을 박을 수도 있고 뺄 수도 있습니다.

같은 힘이라도 방향에 따라
결과가 정반대로 나타나는 것입니다.
그만큼 방향이 중요합니다.

우리네 삶도 다르지 않은 것 같습니다.
언제 어떤 상황과 여건에 있든
내가 지닌 능력이나 에너지는 동일합니다.
하지만 그것이 어떤 방향으로 향하느냐에 따라
결과는 180도로 다르게 나타납니다.

저성장, 장기침체에다 구조조정까지
삶이 갈수록 버겁고 힘들어지고 있습니다.
하지만 생각해보면 성장과 침체는
저 드릴처럼 방향의 문제가 아닌가 싶습니다.

그러니 그러니 하며 상황에 순응하면
비관적인 방향으로 돌아갈 수밖에 없지만
그래도 그래도 하며 생각을 반대로 돌리면
경기 또한 반대로 돌아서지 않겠습니까.
누가 뭐래도 경기의 제1 요소는 심리이니까요.

우리네 삶 또한 마찬가집니다.

그러니 언제 어떤 상황에 처하든

긍정적이고 희망적인 생각과 행동을 하는 것.

내 삶의 흐름을 정방향으로 바꾸는

생의 방향스위치가 아닌가 싶습니다.

봄비

어제는 온종일 봄비가 내렸습니다.
메마른 대지를 촉촉히 적시며 내리는 봄비.
푸르게 물이 오르는 초목은 물론
이제 막 파종을 끝낸 작물에게도
생명수와 같은 단비가 아닐 수 없습니다.

지난해 이맘 때
극심한 가뭄으로 파종도 못했던 걸 생각하면
때 맞춰 내려주는 저 비의 고마움은
아무리 얘기해도 지나치지 않을 것입니다.

아닌게 아니라

봄비에 씻긴 초목은 느낌부터 다릅니다.

초록도 그냥 초록이 아닙니다.

이제 막 목욕을 끝내고 머리를 터는 여인처럼

풋풋함과 싱그러움이 넘칩니다.

이 때를 놓칠세라 저도 모종을 심었습니다.

읍내에 나간 길에 몇 가지를 사와

마당가에 만들어 놓은 텃밭에 심었습니다.

비옷을 걸치기는 했지만

한참을 그렇게 심고 나니 저도 비에 젖었습니다.

바지가 젖고 상의가 젖고 마음도 젖었습니다.

그래서 제 마음도

저 초목들처럼 풋풋하고 싱그러워진 것일까요?

기온이 내려가 한기가 느껴지기도 하지만

제 입에서는 오히려 노래가 흥얼거려집니다.

봄비 나를 울려주는 봄비
언제까지 나리려나
마음마저 울려주네 봄비……

빗방울 속에 무슨 감성제라도 섞여 있는지
할 일은 많고 시간은 촉박한데도
저 비를 맞으며,
저 노래를 흥얼거리며
어디론가 한없이 걷고만 싶어집니다.

봄비는 그렇게
초목을 적시고, 세상을 적시고,
제 마음까지 촉촉히 적십니다.

태화산 월령가

5월

"신록"

초목에 물 오르니 산천이 샛푸르고
하늘도 물이 든 듯 푸르고 또 푸르니
어쩌랴 내 몸에도 푸른 피가 도는 것을

만트라

수리수리 마수리, 옴마니 반메홈, 나무아미타불…….
무엇인가 마음으로 갈구하는 것이 있을 때
우리는 그 염원을 담아 주문을 외웁니다.

고대 인도에서는 그것을 만트라라 불렀답니다.
짧은 음절로 이루어진 자연과의 교감의 소리로
만 번을 되뇌면 염원이 이루어진다고 했답니다.
욀 때마다 되새기며
관심과 노력을 집중하기 때문일 것입니다.

자연과의 교감까지는 아니지만
저도 자주 외는 만트라가 있습니다.

"수리수리 어수리!"

어수리밥상을
슬로시티 김삿갓을 대표하는 슬로푸드로,

관광 영월의 새로운 향토음식으로 만들고자 하는
저와 조합원들의 염원을 담은 만트라입니다.
모르긴 해도 지금까지 수백 번은 되뇌었을 것입니다.

그 덕분인지
김삿갓의 어수리밥상이
조금씩 소문이 나고 있습니다.

3년 전만 해도 어수리 '어'자도 몰랐는데
이제는 재배도 확산되면서
각종 행사의 주메뉴로 등장할 정도니
이만하면 만트라 효과라해도 되지 않겠습니까?

거기에 더해
오늘 저녁 6시 KBS-1TV 〈6시 내고향〉에서는
'고향에서 온 수랏상'으로 어수리밥상이 소개됩니다.
저희 조합원이 참여해 촬영했습니다.
시간이 되시면 같이 보아 주시고
주변에도 많이 알려주시면 감사하겠습니다.

비록 직접적인 상관관계는 없지만

이러한 것들이 꼭 만트라 효과인 것 같아

저는 기꺼운 마음으로 다시 한번 주문을 욉니다.

함께하면 효과가 배가될 것이니

님께서도 같이 외워 주시지 않겠습니까.

"수리수리 어수리!"

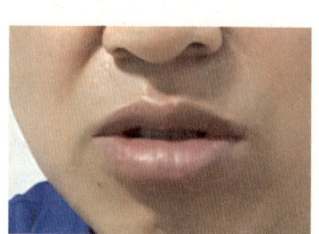

성과?

어제도 하루 종일 풀과 씨름했습니다.
어수리를 수확하면서
어수리보다 더 많은 풀을 뽑고 또 뽑았습니다.

한여름처럼 뜨거운 햇볕에 몸은 찌고
온종일 쪼그려 앉아 허리도 아팠습니다.
그래도 작업을 마치고 일어섰을 때는
피곤이 가시고 마음이 뿌듯해졌습니다.

그 많던 잡초가 다 없어져 깨끗해진 밭.
내가 한 일의 성과가 한눈에 보였기 때문입니다.
'그래 오늘도 밥값은 했다'
가벼운 마음으로 손을 털고 내려왔습니다.

무슨 일을 하든
우리는 그 결과를 확인하고 싶어합니다.

크든 작든

내가 한 일의 성과가 눈에 확연히 드러날 때

몸에서는 엔돌핀 같은 것이 분출됩니다.

사실인지는 모르지만

목욕탕 때밀이가 싫어하는 손님은

때가 많은 분이 아니라

밀어도 밀어도 때가 나오지 않는 분이라고 합니다.

열심히 한다고 하는데도 표가 나지 않으니

그럴 만도 하지 않겠습니까?

하지만 세상일이 다
풀 뽑는 것이나 때 미는 것처럼 단순하면
얼마나 좋겠습니까.
그런 일은 극히 일부일 뿐입니다.

눈에 보이는 것보다 보이지 않는 성과가 더 많고,
심지어 몇 년 몇십 년 후에 나타나는 것도 있으니
그저 눈에 보이는 성과에 호들갑을 떨게 아니라
보이지 않는 것을 보는 안목을 키워야 하거늘…….

기껏해야 풀 좀 뽑은 것을 가지고
밥값을 했네 어쩌네 하며 호들갑을 떠니
저는 아직 멀어도 한참 먼 것 같습니다.

양파

설마하니 저 양파를 모르는 님은 아니 계시겠지요.
벗겨도 벗겨도 속껍질이 계속 나온다는 것도
다들 알고 계실 겁니다.

그럼 이쯤에서 퀴즈 하나 내겠습니다.
벗겨도 벗겨도 나오는 양파의 하얀 속껍질이
총 몇겹이나 되는지 아십니까?

모르긴 해도 십중팔구 고개를 갸웃거리실 겁니다.
혹여 알고 있다 해도 어디서 들은 것이지
직접 까서 세어 보지는 않으셨을 겁니다.
저 또한 그랬으니까요.

일상에서 흔히 대하는 양파라
나름대로 잘 알고 있다고 생각하는데
사실은 기본적인 것도 모르고 있습니다.
양파뿐 아니라 많은 것들이 그러합니다.

곰곰히 원인을 생각해보니
어설픈 지식 때문이 아닌가 싶습니다.

차라리 아무 것도 모르면
만져보고 까보고 세어보고 할 텐데
여기저기서 주워 들은 일반화된 개념,
엘빈 토플러가 말하는 쓰레기 지식들이
관심과 궁금증을 가로막는 것이 아닐는지요.

그러니
어느 대상에 대해 제대로 알기 위해서는
기존에 가지고 있는 개념적 지식을 버리고
새로운 관심과 호기심으로 봐야 합니다.
그래야 제대로 보고 제대로 알 수 있습니다.
사람이라고 뭐 다르겠습니까?

가나안

저와 비슷한 시기에
김삿갓면 내리로 귀촌한 동료의 집 마당입니다.
미술을 전공한 이력을 살려
집이며 마당을 아기자기하게 꾸며 놓았는데
그중에서도 저 조형물이 시선을 끕니다.

가나안.
성경에 나오는 말로 젖과 꿀이 흐르는 땅이라지요.
애굽을 탈출한 모세가 무리를 이끌고 향하던,
하나님이 점지해 주신 약속의 땅이라고 합니다.

하지만 모세와 무리는
40년을 광야에서 헤매다 죽고
결국 여호수아와 갈렙만 도달했다고 하니
쉽게 갈 수 없는 머나먼 땅이기도 합니다.

하지만 다시 생각해보니

가나안이 꼭
요단강 너머 이스라엘의 땅을 지칭하는 것만은
아닌 것 같습니다.

저와 님, 그리고 또 다른 님과 님께서
마음 속으로 그리고 꿈꾸는 이상의 공간,
그곳이 어쩌면 하나님의 뜻에 더 부합하는
가나안의 참 모습일 수 있습니다.

그래서일까요?

저 조형물을 보는 순간

저는 마음 속으로 다짐을 했습니다.

저와 조합에서 만들고자 하는

김삿갓 힐링캠프를

저 조형물과 같은 가나안 땅으로 만들고 싶다구요.

젖과 꿀 대신 바람과 물이 흐르고

걷기만 해도 심신이 안정되고 치유가 되는

마음 속의 가나안과 같은 곳으로 말입니다.

아직 시작도 못한 주제에

김칫국부터 마시는 것 아니냐,

탓하지는 마십시오.

방향과 목표가 분명하면

흔들림 없이 바로 갈 수 있으니

계획하고 구상하는 것 또한

일의 한 과정일 수 있으니까요.

독립

아랫밭에 심어놓은 와송입니다.
보시는 것처럼
송이마다 빽빽히 잔가지가 붙어 있습니다.
어미의 품에서 성장한 새끼 가지들입니다.

어제는 저 옆에 붙어앉아 잔가지들을 솎아냈습니다.
떼어내 따로 심어줘야
본 가지도 잔가지도 제대로 자라기 때문입니다.

저 와송처럼
사람도 때가 되면 독립해야 합니다.
경제적으로 의식적으로 부모에게서 벗어나
자신의 영역에 자신의 뿌리를 내려야 합니다.
그래야 부모는 부모대로 자식은 자식대로
본연의 삶을 영위할 수 있습니다.

하지만,
요즘의 젊은이들은 그렇지 못한 것 같습니다.
독립할 나이가 훨씬 지났는데도
부모의 품에서 벗어나지 못하고 있습니다.
독립하고 싶어도 할 수 없는 사회적 여건 때문입니다.

뉴스를 보니 지난 달 청년 실업률이
10%를 넘어 사상 최고를 기록했다고 합니다.
공식적인 통계가 10%면

실질적인 실업률은 그 몇 배에 달할 것입니다.

소위 말하는 스펙은 사상 최고로 빵빵한데
그 좋은 스펙을 쓸 데는 하나도 없으니…….
참으로 답답하고 서글픈 현실입니다.

이러다가는 저 와송처럼
부모와 자식이 한데 뒤엉켜
이도 저도 아닌 엉망가족이 되지 않을까,
걱정이 되지 않을 수 없습니다.

사상 최악이었다는 19대 국회가 끝나고
여소야대의 새로운 20대 국회가 개원되니
조금이라도 나아지지 않을까, 기대는 해보려 하는데
글쎄요,
그랬다가 또 제 발등을 찍는 건 아닌지,
우려가 되는 것 또한 감출 수 없습니다.

변심?

정말 좋아하는 꽃이었습니다.

밟혀도 밟혀도 다시 일어서는 끈질긴 생명력에

어느 곳이든 한움큼의 흙만 있으면

싹을 틔우고 꽃을 피우는 놀라운 적응력.

닮고 싶었고 본받고 싶었습니다.

편지에도 몇번이나 그러한 마음을 표했습니다.

하지만 지금은 아닙니다.
이제는 보기만해도 징그러울 뿐입니다.
마당은 물론 어수리밭 와송밭 가리지 않고
제 멋대로 돋아난 녀석들을 뽑아내느라
이골이 났기 때문입니다.

놀라운 생명력과 적응력.
그건 어디까지나 녀석들 입장입니다.
녀석을 뽑아내야 하는 제 입장에서는
지독한 불한당에 악질일 뿐입니다.

같은 대상이라도
어떤 입장에서 보느냐에 따라
이렇듯 180도로 달라질 수 있다는 사실.
저 민들레를 통해 비로소 실감을 합니다.

똑같은 상황, 똑같은 대상이라도
보는 사람에 따라 다 다를 수 있다는 사실을
이제는 인정할 수밖에 없습니다.

그래서 저는

다시 한번 마음에 새깁니다.

신선이 산다는 무릉의 도원도

복숭아 알레르기가 있는 사람에게는

무간의 지옥일 수밖에 없다는 사실을요.

망경산사

지난 토요일

아침부터 와송 가지솎기 작업을 했습니다.

그동안 어수리에 바빠 와송에는 소홀한지라

오늘은 하루 종일 하겠다, 작정을 하고 나섰습니다.

그렇게 두어 시간 일했을까,

자꾸만 찜찜한 마음이 들었습니다.

이땅의 중생들을 위해 부처님께서 오신 날인데

이렇게 일만 하고 있으려니

꼭 안식일에 일을 하는 것처럼

불안하고 일도 잘 되지 않았습니다.

결국 점심을 먹고 망경산사를 찾았습니다.

지난번에 소개한 모운동에서도
맨 꼭대기에 있는 작고 아담한 사찰.
모운동은 여러번 찾았지만 절은 처음이었습니다.

해발 850m의 높고 깊은 산중에서
세상을 내려다보며 서 있는 산사.
그저 조용히 돌아보기만 하는데도

마음이 평안해지고
삶에 대해 많은 생각을 하게 되었습니다.

고백컨대 저는
크리스찬도, 불교신자도 아닙니다.
종교에 대해서도 잘 알지 못합니다.

189

그래도 성당이나 사찰에 들르면
이렇듯 마음이 평안하고 경건해집니다.
사람의 마음 속에는
종교보다도 더 근원적인
신앙이 있기 때문이 아닌가 싶습니다.

혜민스님이 말한 '멈추면 비로소 보이는 것들'.
다람쥐 쳇바퀴 돌듯하는 일상을 멈추고
내가 나를 바라볼 때 보이는 것 또한
바로 이 신앙심이 아닐는지요.

그래서 저도 산사를 내려오며
일주일에 한 번씩은 이런 시간을 갖자 다짐을 하는데,
글쎄요, 그 다짐을 제대로 지킬 수 있을지
저도 잘 모르겠습니다.

곡예

방으로 들어서다 깜짝 놀랐습니다.
허공에 떠 있는 저 녀석 때문입니다.

눈에 보이지도 않는 줄에 의지해
헤엄을 치듯 허공을 유영하는 것이
꼭 공중부양 마술처럼 느껴졌습니다.

짓궂은 마음에 손을 휘저어
보이지도 않는 줄을 흔들었습니다.
롤러코스터처럼 위아래로 요동치면서도
특유의 유유함을 잃지 않는 녀석.
곡예도 그런 곡예가 없습니다.

그 아슬아슬한 묘기에 취해
넋을 잃고 쳐다보는데
문득 사람에게도
저런 순간이 있다는 생각이 들었습니다.

일에서도, 사랑에서도, 관계에서도
삐끗해 발을 헛디디면 모든 게 끝장날 것 같은
아슬아슬한 순간 말입니다.

지금 와서 뒤돌아보면
제게도 그런 순간이 있었습니다.

그리고 그 곡예의 순간을 이겨낸 것은
아이러니하게도 인내였습니다.
금방이라도 떨어질 것 같은 아슬아슬한 순간.
안정은 그 순간을 참고 인내할 때 찾아왔습니다.

그렇습니다.

일이든 사랑이든 인생이든

흔들리고 위태로울 때는 참고 견뎌야 합니다.

위험하다고, 벗어나야 한다고 버둥거리면

오히려 점점 더 흔들리게 됩니다.

불안하고 두렵지만

리듬을 타듯 몸을 맡기고 견디는 것.

어쩌면 그것이

위기의 순간을 넘어서는 비법인지도 모릅니다.

저 거미가 그러하듯 말입니다.

약수

지난 토요일 망경산사를 오를 때입니다.
주차장에 차를 세우고 걸어서 산길을 오르는데
초행길이라 꽤나 길게 느껴졌습니다.
한여름처럼 날도 무더워 갈증도 일었습니다.

그래도 참는 것 밖에 방법이 없었습니다.
산책 삼아 나오느라 물 한 병 준비하지 못했고,
깊은 산중에 매점이 있을 리 만무하니까요.

그렇게 땀을 훔치며 얼마나 걸었을까,
앞에 저 약수가 눈에 띄었습니다.
꼭 저를 위해 예비해 놓은 것 같은 약수.
그렇게 반가울 수가 없었습니다.

한걸음에 다가가 한 사발 받아 마셨습니다.
꿀꺽꿀꺽 소리를 내며 넘어가는 약수,
물맛 또한 정말 꿀맛 같았습니다.

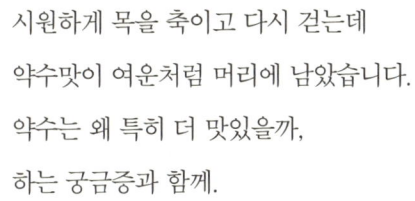

시원하게 목을 축이고 다시 걷는데
약수맛이 여운처럼 머리에 남았습니다.
약수는 왜 특히 더 맛있을까,
하는 궁금증과 함께.

생각해보니 약수가 맛있는 것이
꼭 물맛 때문은 아닌 것 같습니다.
갈증이 나서 물을 찾고 있을 때 눈에 띄는,
그 절묘한 타이밍 때문이기도 합니다.

필요할 때 나타나 필요한 것을 채워주는 것.
세상에 그보다 좋은 게 또 어디 있겠습니까?
바로 저 약수처럼 말입니다.

돌아보면
사람 중에도 그런 사람이 있습니다.
힘들고 지칠 때면 찾아와 위로가 되어 주고,
술 생각이 날 때면 막걸리 들고 찾아와 주는,
〈여러분〉의 노래 가사 같은 사람 말입니다.

주위에 그런 사람 한 명만 있어도
정말 세상 사는 맛이 날텐데…….

오늘 하루는
윤복희의 〈여러분〉을 들으며
다시 한번 가사의 의미를 되새겨 봐야겠습니다.

네가 만약 외로울 때면 내가 위로해 줄게.
네가 만약 서러울 때면 내가 눈물이 되리…….

나룻배

제가 중학교에 다닐 때까지만 해도
어디에서나 쉽게 보던 일상의 모습이었습니다.
아스팔트 다리는 큰 도시에나 있었고,
웬만한 강은 다 저렇게 건넜습니다.

그래서 비가 많이 오면 수업도 일찍 끝냈고,
물이 불어 배가 뜨지 못하면
친구집에서 하룻밤 신세를 지기도 했습니다.

그러던 곳에
하나둘 현대식 다리가 들어섰고,
이제 저런 모습은
어디에서도 보기 힘든 명물이 되었습니다.

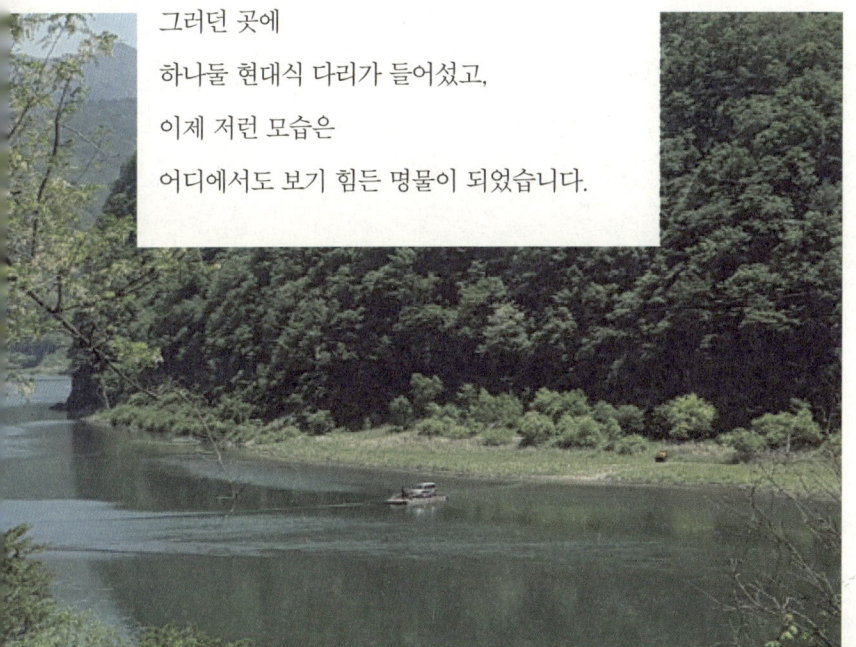

그래서일까요.

읍내로 가기 위해 저 옆을 지나갈 때면

자꾸만 눈을 돌려 쳐다보게 됩니다.

어쩌다 저 사진과 같은 모습을 보게 되면

차를 멈추고 나와 핸드폰을 꺼내들곤 합니다.

그때 그 시절에 대한 추억 때문일 것입니다.

사람은 나이가 들수록

옛 것을 그리워한다고 합니다.

그러고 보면 저도 나이가 들긴 들었나 봅니다.

첨단이니 혁신이니 하는 것보다

저런 고전적인(?) 모습에 더 마음이 가니까요.

이왕 얘기가 나왔으니

오늘 하루는 저 배를 타고

시간을 거슬러 유년으로 돌아갈까 하는데,

어떻습니까?

님께서도 동행하지 않으시겠습니까?

산딸기

여름이 익어가자

태화산 마트에 새로운 상품이 입점되었습니다.

보기만 해도 온몸이 후달리는 산딸기입니다.

뜨거운 태양볕에 빨갛게 익은 산딸기.
지나가던 나그네는 망설이다 그냥 갔는지 모르지만
저는 도저히 그냥 지나칠 수 없습니다.

보이는 대로 한움큼 따서 입에 넣었습니다.
조금 시큼한 첫맛에
씹을수록 배어나는 새콤 달콤 상큼한 맛.
햇볕이 따가워도 손이 멈춰지질 않습니다.

복분자覆盆子.
저 산딸기를 가리키는 한자어입니다.
뒤집을 복覆에 항아리 분盆,
항아리(요강)을 뒤집어 엎을 정도로
오줌발이 세어진다고 해서 붙여진 이름이랍니다.

거기에 산딸기 하면 떠오르는 영화 시리즈.
안소영, 선우일란 등
80년대를 풍미한 육체파 여배우들의
농염하고 뇌쇄적인 눈빛과 뒤태.

그런 산딸기를 원없이 따먹고 있는데
반백을 넘은 중년의 몸인들 어찌 가만히 있겠습니까.
세포가 꿈틀대고, 머리칼이 곤두서고, 몸은 후끈거리고…….
이런 것을 일러 회춘이라 하는가요?

과장을 해도 적당히 해야지, 너무 지나치다구요?
그렇다면 오셔서 직접 확인해 보십시오.
장담컨대 저보다 더하면 더했지 덜하진 않으실 겁니다.

보세요.
사진만 보고도 벌써 침이 넘어가지 않습니까.
이 이른 아침부터 말입니다.

다슬기

태화산 마트가 성황을 이루자 자극을 받았는지
아랫마을의 남한강 마트도 문을 열었습니다.

엎어지면 코 닿을 이웃인데
안 가면 서운할 것 같아
어제 오후 일을 마치고 잠시 다녀왔습니다.

남한강 마트의 주상품은 다슬기.
벌써 몇몇 분들이 다녀간 흔적이 있지만
그래도 잠깐 사이에 이렇게 많은 양을 건졌습니다.

올갱이로도 불리는 저 다슬기는
술 마신 다음날 해장국으로 끝내주지만
여름밤의 간식으로도 그만한 것 없습니다.

서둘러 집에 돌아와
깨끗이 씻어 해갈을 한 다음 삶아 건졌습니다.

먹는둥 마는둥 저녁을 물리고
커다란 그릇에 하나 가득 떠 담아
티비 앞에 앉았습니다.

요지로 콕 찍은 다음 껍데기를 살짝 돌리자
나사가 풀리듯 스르르 빠져나오는 녀석.
입에 넣고 살짝살짝 씹으니
쫄깃쫄깃한 식감과 함께 번져오는
달큰쌉싸래한 맛.

일부러 틀어놓은 티비이지만
뉴스를 하는지 드라마를 하는지
신경도 쓰이지 않습니다.

그렇게 정신없이 빼 먹다 보면
여름날의 밤은 또 그렇게 깊어만 가고…….

어떻습니까?
어디를 가든 이렇게 융숭한 대접을 받으니
태화산 연가라도 불러

화답을 해야 하지 않겠습니까?

살어리 살어리랏다, 태화산에 살어리랏다.

부귀도 명예도 버리고 태화산에 살어리랏다……

시너지 효과

하나에 하나를 더하면 둘이 됩니다.
하지만 그것은 단순한 물리적 계산일 뿐,
보이지 않는 효과나 기능에서는 그렇지 않습니다.
둘보다 적을 수도 있고,
그 이상이 될 수도 있습니다.

하나에 하나를 더해 둘 이상이 될 때
우리는 그것을 시너지 효과라 부릅니다.

찰떡처럼 궁합이 잘 맞아
강력한 상승효과가 일어난다는 뜻입니다.
일을 하면서, 삶을 살면서
제가 늘 염두에 두고 있는 말이기도 합니다.

엊그제 된장을 거를 때도 그랬습니다.
담가 놓은 메주만 으깨 거른 것이 아니라
와송가루를 섞어 함께 걸렀습니다.

항암효과가 좋다는 된장에
최고의 항암식물로 꼽히는 와송가루를 더하면
강력한 시너지 효과가 발휘되지 않을까,
하는 생각에서였습니다.

된장에 와송을 섞어 함께 발효시킨 와송된장.
사실은 작년부터 시도했습니다.
그때는 콩을 삶을 때 말린 와송을 같이 넣고 삶아
그것으로 메주를 만들고 장을 담갔습니다.

지금 저희가 먹고 있는 된장이 그것인데
맛을 본 분들은 다 고개를 끄덕일 정도입니다.

다만 항암의 시너지 효과는
성분 분석 등 과학적인 검증을 할 수가 없어
뭐라고 말씀드릴 수 없습니다.

그런 경험을 토대로
지난해에는 전통음식 명인을 모시고 더 고민했고,
거를 때 가루를 섞는 게 더 낫겠다는 판단에 따라
이번에 새로운 시도를 하게 되었습니다.

사정이 여의치 못해
이번에도 조금밖에 담그지 못했습니다.
기껏해야 대여섯 말밖에 되지 않습니다.

그래서 이 편지를 올리기가 겁이 납니다.
또 약만 올리냐,
원성(?)이 빗발칠 것 같기 때문입니다.

그 원성을 조금 잠재우기 위해서라도
얼마 되지 않는 양이나마
올 가을에는 공급하겠다, 약속을 드리겠습니다.

아울러 올 겨울에는 넉넉히 준비해
내년부터는 원하시는 모든 님께 드리겠다는 약속도
함께 드리겠습니다.

그리고
아직 확신은 할 수 없지만
저 된장과 와송처럼
님과 저 또한 이 편지를 통해
삶의 시너지 효과를 창출하는,
그런 관계가 되었으면 좋겠습니다.

부부

지난 토요일 이곳 태화산을 찾아준 이들입니다.
김원기라고 원주고 다닐 때 같은 반 친구 부부인데
둘 다 음악을 좋아해 함께 노래를 부르고
요양원 등으로 위문공연도 다닌다고 합니다.

이 날도 태화산을 찾아온 김에
적적한 저와 집사람을 위로해 주겠다고
즉석에서 라이브공연까지 해 주었습니다.

잔잔하게 흐르는 부부의 아름다운 화음.
듣고 있으니 마음이 참 평안해졌습니다.
기타도 노래도 취미로 하는 아마추어지만
제게는 그 어느 프로 가수가 치고 부르는 것보다
더 가슴에 와 닿았습니다.

특히 〈위대한 약속〉이라는 노래를 들을 때에는
눈시울이 뜨거워 고개를 돌리기도 했습니다.

평범하고 소박한 부부들을 위한 노래라는데
가사도 노래도 화살처럼 가슴에 콱 박혔습니다.

그러고 보면
사람이 공감을 하고 감동을 받는 것은
특출한 기술이나 재주 때문이 아닌 것 같습니다.
평소의 삶에서 우러나오는 순수함과 진실성.
어쩌면 그것이 더 큰 요소가 아닌가 싶습니다.

장담컨대
저 노래를 그 어느 전문가수가 부른들
저들만큼 제 마음을 적시지는 못할 것입니다.

한편으로는 저 부부가 참 부러웠습니다.

저렇게 좋아하는 것을 같이하며 늙어갈 수 있다는 것.

누구는 '늙는 게 아니라 익는 것'이라 했는데

바로 저 부부가 그런 게 아닌가 싶습니다.

삶에서 우러나오는 노래.

그래서 더 마음을 울리는 노래.

님께도 꼭 한번 들려드리고 싶어

앵콜을 청해 영상으로 찍었습니다.

보고 들으시면서

부부가 서로에게 어떤 존재인지,

함께 '익어간다'는 것이 어떤 것인지,

생각해보고 뒤돌아보는 계기가 되었으면 좋겠습니다.

저와 집사람이 그러했듯 말입니다.

기적?

남한강 강가에서 본 어느 바위 위 모습입니다.
어디에서나 볼 수 있는 흔하디 흔한 잡초지만
저 앞에서는 저절로 걸음이 멈춰졌습니다.

눈을 씻고 찾아도 흙 한 줌 보이지 않는 바위 위.
저런 곳에서 어떻게 뿌리를 내리고 싹을 틔웠는지…….
벌어진 입이 다물어지지 않았습니다.
기적과도 같은 생명의 경이에
저도 모르게 고개가 끄덕여졌습니다.

하지만 다시 생각해보니
저와 비슷한 모습을 여러번 보았습니다.
기와지붕 위에서 자라는 와송이나
시멘트의 갈라진 틈을 뚫고 나오는 민들레,
김삿갓계곡의 절벽을 뒤덮은 소나무숲…….
정도의 차이가 있을 뿐
놀라운 생명력은 다를 바 없습니다.

그러니 그것은 기적이 아닙니다.

생명이 지닌 본연의 모습입니다.

언제 어디서 어떤 환경에 처하든

뿌리를 내리고 잎을 틔우고 꽃을 피우는 것.

생명은 본디 그런 것이 아닐는지요.

한 포기 이름 모를 풀이 저러할진대
생명의 정점에 있는 사람이야 더 말해 무엇하겠습니까.

갈수록 살기가 힘들어진다고 합니다.
하지만 아무리 힘들고 어려워도
저 바위 위의 풀보다야 낫지 않겠습니까.

그러니 낙담할 필요 없습니다.
주저앉거나 좌절할 필요도 없습니다.

아무리 힘들고 어려워도
그것을 뚫고 뿌리를 내리고 꽃을 피울 수 있는,
저 풀과 같은 강인한 생명력이
님과 저의 핏속에도 철철 흐르고 있으니까요.

잎새 뒤에 숨어숨어 붉게 익은 저 산딸기
한 움큼 입에 넣고 살며시 베어 무니
입안 가득 새콤한 향 정신이 가물가물

절벽

태화산 아래, 남한강 건너편 산입니다.
바위 하나가 산을 이룬 바위산입니다.
직각으로 깎아지른 듯한 절벽.
보기만 해도 눈앞이 아찔합니다.

차를 타고 지나가며 저 절벽을 볼 때마다
제 머릿속에는
저 위를 오르는 많은 젊은이들이 그려집니다.

인구절벽, 취업절벽, 교육절벽, 결혼절벽…….
요즈음 젊은이들의 삶을 지칭하는 용어가
바로 저 절벽이기 때문입니다.

발만 한 번 헛디디면 천길 낭떠러지.
대란이니 전쟁이니 하는 단계를 넘어
스스로는 더 이상 어떻게 할 수가 없는 막다른 절벽…….

마음껏 꿈을 펼쳐야 할 젊은이들을
그런 절벽으로 내모는 우리 사회.
참으로 부끄럽고 암담하기 그지 없습니다.

저 절벽은 혼자서 넘을 수 없습니다.
밟고 오를 수 있는 사다리라도 있어야 합니다.
작고 흔들리는 사다리일망정
조심조심 타고 올라야 가능합니다.

우리 사회의 절벽 또한 마찬가집니다.

누구는 넘는데 너는 왜 그 모양이냐?
개인을 탓하고 나무랄 것이 아닙니다.

사회가 나서서, 국가가 나서서
사다리를 만들어 받쳐줘야 합니다.
그래야 저 절벽으로 내몰린 젊은이들이
힘들게나마 오를 수 있습니다.

엊그제 20대 국회가 개원했습니다.
지금까지와는 다른 여소야대의 국회.
새롭게 바뀐 이번 국회에서는
저 절벽으로 내몰린 젊은이들에게
작은 사다리라도 하나 걸쳐 줄 수 있을지…….

제가 아는 두 분도
이번에 새로이 합류를 했으니
조금은 기대를 갖고 기다려 보겠습니다.

흔적

집 외벽에 마늘을 걸어놓을 걸이가 필요해
못을 하나 박았는데 위치가 맞지 않았습니다.
할 수 없이 드릴을 거꾸로 돌려 빼낸 다음
위치를 다시 잡아 옆 기둥에 박았습니다.

그런 다음 마늘망을 걸고 돌아서는데
처음 기둥의 저 자국이 눈에 띄었습니다.
기둥 한가운데 흉터처럼 남아 있는 못자국.
볼수록 눈에 거슬렸습니다.

조금이라도 덜 보이게
손으로 문지르고 드릴로 꽉꽉 눌러 봤지만
별 소용이 없었습니다.
자국은 그렇게 지운다고 지워지는 것이 아니었습니다.

물론 세월이 지나면
조금 흐려지고 바래지긴 하겠지요.

하지만 결코 없어지지는 않을 것이고,
기둥이 있는한 끝까지 남아 있을 것입니다.

생각해보면 상처란 것도 그렇습니다.
몸에 난 상처도 그렇지만
마음의 상처는 더더욱 그렇습니다.

시간이 약이라고 하지만
세월이 흘러도 없어지지 않습니다.

다만 약해지고 흐려질 뿐입니다.

그러다 어떤 계기가 있으면
툭 튀어나와 마음을 온통 휘저어놓곤 합니다.
저 못구멍처럼 말입니다.

사람은 말 한마디에도 상처를 받습니다.
내가 무심코 던진 한마디가
누군가에게 상처가 되어
저 못자국 같은 흔적을 남길 수 있습니다.

그러니 이제부터라도
저 자국을 볼 때마다
한번씩 저를 뒤돌아볼 생각입니다.

오늘 내가 무심코 던진 한마디,
내가 무심코 한 행동이
누군가에게
저런 흔적을 남기지 않았는지 말입니다.

접시꽃

꽃을 보고 있는데 눈물이 납니다.
연분홍 꽃잎이 너무나 예쁘고 고운데
기쁨이 아니라 슬픔이 북받쳐 오릅니다.
도종환 시인의 「접시꽃 당신」 때문입니다.

옥수수 잎에 빗방울이 나립니다.
오늘도 또 하루를 살았습니다.
낙엽이 지고 찬바람이 부는 때까지
우리에게 남아 있는 날들은 참으로 짧습니다……

'애절한 사랑'이라는 꽃말처럼
암에 걸려 죽어가는 아내에 대한
지고지순한 사랑을 노래한 「접시꽃 당신」.
모르긴 해도 제 나이쯤의 중년이라면
누구나 한 번쯤 읊조려 보았을 것입니다.

시는 물론 개인의 산물이지만

당시의 시대상을 반영하기도 합니다.
이 시가 그만큼 널리 알려지고 회자된 것은
당시의 사회 분위기와도 맞았기 때문일 것입니다.

그렇습니다.
그때만 해도 우리는 그렇게 살았습니다.
저 시가 요즘 말로 '국민시'가 될 정도로

부부간의 사랑이 애틋하고 지순했습니다.

하지만 30여 년이 지난 지금은 어떻습니까?
OECD 부동의 1위인 이혼율에
듣기만 해도 소름이 끼치는 토막 살인, 묻지마 살인…….
세상이 정말 어디로 가고 있는지 모르겠습니다.

연분홍 꽃잎이 바람에 흔들립니다.
제게는 흐느끼고 있는 것처럼 보입니다.
너무나 무시무시해진 세상을 원망하면서.

세상이 어디로 가고 있는지는 모르지만
저라도 저 접시꽃의 의미를 되새기고 싶어
오늘 아침 저 연분홍 꽃을 제 가슴에 옮겨 심습니다.
「접시꽃 당신」의 마지막 귀절을 읊조리면서…….

옥수수 잎을 때리는 빗소리가 굵어집니다.
이제 또 한 번의 저무는 밤을 어둠 속에서 지우지만
이 어둠이 다하고 새로 새벽이 오는 순간까지
나는 당신의 손을 잡고 당신 곁에 영원히 있습니다.

뽕

좋은 것도 한두 번이라 했던가요.
요강을 뒤집어엎는 산딸기에도 싫증이 날 무렵
태화산 마트에 또 새로운 상품이 들어왔습니다.
이름도 참 거시기한 '뽕', 오디입니다.

집 앞에 서 있는 뽕나무 가지마다
주렁주렁 매어 달린 진보랏빛 열매.
한움큼 따서 입에 넣고 베어 무니
사르르 녹아내리는 식감과 달짝지근한 맛.
그 맛에 취해 몇 번 따먹다 보니
손에도 입술에도 샛보란 물이 듭니다.

어디 그뿐인가요.

강장효과 또한 산딸기에 못지 않습니다.

그래서 그런지,
지난번에 소개한 산딸기 시리즈와
쌍벽을 이룬 영화 또한 뽕 시리즈였습니다.

뽕나무 밭을 뒤로 하고
이미숙씨의 뒤태를 드러낸 영화 포스터.
아마 제 나이쯤의 중년남자라면
누구나 떠올릴 수 있는 추억의 장면입니다.

인터넷을 뒤져보니
뽕나무는 상고시대부터 신성시했다고 합니다.
하늘에 제사를 지내는 장소 주위에 심어
나라와 민족의 시원을 상징했다고 합니다.

그런데 그런 뽕나무밭이 또한
사회적으로 공인된 남녀 간의 교합 장소였다고 합니다.
남녀가 격식을 갖추지 않고도 결혼할 수 있었고,
자유롭게 만나 성관계를 가질 수도 있었다고 합니다.

사마천이 쓴 『사기史記』의 「공자세가」 편에 의하면
공자 또한 뽕나무밭에서 야합을 한
부모 사이에서 태어났답니다.

그러고 보면
남녀 간의 교합은
국가의 시원만큼이나 신성한 것이었습니다.
하기사 모든 생명이 그로 인해 잉태되니
어쩌면 당연한 것인지도 모르겠습니다.

그러던 것이 변질되어
오늘날에는 그저
욕망과 쾌락과 문란의 대상이 되어 버렸으니…….
어쩌면 그 많던 뽕나무밭이
다 베어진 것과 무관하지 않은지도 모르겠습니다.

한 번쯤이라도
공자의 부모 같은 신성한 교합을 원하십니까?
그렇다면 함께 태화산으로 오십시오.
저 뽕나무 아래를 조용히 내어드리겠습니다.

길?

저희집 뒤,

계곡을 따라 상수원 쪽으로 이어지던 길입니다.

비포장이긴 하지만

자동차도 다니는 꽤 넓은(?) 길이었습니다.

하지만 지금은 아닙니다.

오랫동안 다니지 않자

개망초를 비롯한 잡풀만 무성하게 자라

사람조차 다니기 힘든 덤불이 되어 버렸습니다.

그러고 보면

길이냐 아니냐를 가르는 것은

넓으냐 평평하냐 하는 것이 아닙니다.

다니냐 다니지 않느냐 하는 것입니다.

초목이 울창한 야산이라도

자주 다니다 보면 길이 되지만

저처럼 넓고 평평한 길도

다니지 않으면 덤불로 변해 버립니다.

제가 걷고 있는 귀농의 길 또한 마찬가집니다.
지금은 나름대로 열심히 걷고 있으니
길이라 할 수 있겠지만,
힘들고 고달프다고 주저앉게 되면
저처럼 잡풀만 무성한 덤불이 될 것입니다.

그러니 힘들면 조금씩 쉬어가더라도
중단하지 말고 걷고 또 걸어야 한다는 것.

개망초가 무성한,
저 길 아닌 길에서 배우는
인생길에 대한 교훈입니다.

팔방미인?

여간해서는 보기 힘든 꽃입니다.
수십 개의 자그마한 꽃이 모여 꽃차례를 이루고,
그런 꽃차례 수십 개가 모여 만든 한 송이 꽃.
제가 재배하는 바로 그 어수리 꽃입니다.

장미의 붉은 빛처럼 강렬하지는 않지만
신부의 드레스처럼 새하얀 순백의 꽃.
밭을 이룬 저 어수리 꽃이 자아내는 청초함이
볼수록 눈이 부시지 않습니까?

봄에는 향긋한 나물로 입맛을 돋궈 주고
가을에는 뿌리로 풍과 통증을 치료해 주는데,
그것도 모자라
여름에는 또 저렇게 어여쁜 꽃으로
무더위에 지친 심신을 달래주니
제가 어찌 저 어수리를 사랑하지 않을 수 있겠습니까?
정말 팔방미인이 아닐 수 없습니다.

저 어수리만큼은 아니더라도
저처럼 깊은 산중에서 살려면
사람 또한 팔방미인이 되어야 합니다.

농사는 기본이고
음식, 목공, 전기, 기계, 컴퓨터 등등
못하는 것이 없어야 합니다.
시내처럼 전화만 하면 와서 해 주는
그런 곳이 아니니까요.

귀농 3년.

저도 이제는 웬만큼 적응이 되어

이것저것 다 나름대로 조금씩은 하고 있고,

또 무엇이든 직접 하려 하고 있으니

팔방미인까지는 아니더라도

사방미인 정도는 되지 않을까 싶은데,

어떻습니까?

님께서도 인정해 주시겠습니까?

바람개비

김삿갓면 소재지에 있는 옥동중학교입니다.
학생들이 만들어 세웠는지
교정의 담을 따라 바람개비가 늘어서 있습니다.

저것을 들고 바람을 일으키며 달리던
어린시절의 추억이 떠올라
잠시 차를 멈추고 핸드폰을 꺼냈습니다.

가까이 다가가 바라보니
바람개비는 정물처럼 멈춰 서 있었습니다.
종이를 자르고 접어붙인
그저 그런 하나의 장식물에 불과했습니다.

그때 마침 바람이 불었고,
그러자 상황이 달라졌습니다.
불어오는 바람을 타고 세차게 돌아가는 바람개비,
바람개비 본연의 모습으로 되살아났습니다.

그렇습니다.

바람개비가 돌기 위해서는 바람이 있어야 합니다.

바람이 없는 바람개비는

그저 꿰다 놓은 보릿자루일 뿐입니다.

그러니 바람개비에게 있어 바람은

생기를 불어넣어 주는, 없어서는 안 될 존재입니다.

사람 중에도 그런 사람이 있습니다.

기운이 없고 힘이 빠져 축 처져 있다가도

그 사람만 보면 가슴이 뛰고 생기가 돌게 하는,

저 바람개비의 바람같은 사람 말입니다.

아무런 조건도 요구도 없이

바람개비를 바람개비로 만들어 주는 바람,

생의 에너지를 불어 넣어 주는 바람.

저는 님에게, 님은 저에게

그런 바람과 같은 사람이면 좋겠습니다.

강돌

김삿갓을 관통해 흐르는 옥동천의 강돌입니다.
산에 있는 돌과 달리 둥글고 원만합니다.
만지면 모난 곳 없이 반들반들하고 매끄럽습니다.
오랫동안 강물에 닳고 씻긴 결과입니다.

젊었을 때는 저런 돌이 마음에 들지 않았습니다.
소신도 줏대도 없이 물 흐르는대로 변해간다며
기회주의자, 변절자의 모습으로 치부했습니다.

반백을 넘어 지천명의 나이가 되어서야 알았습니다.
저것이 기회주의가 아니라 순응이라는 것을,
변절이 아니라 조화요 어울림이라는 것을요.

그렇습니다.
내가 가진 모습을 바꾸고 소신을 조금 꺾는다고
그것이 곧 기회주의요 변절이 아닙니다.

많은 사람들과 어울려 함께 살아가고
도도한 시대의 흐름에 순응하기 위해
스스로 선택하고 감내하는 삶의 과정입니다.

모난 곳은 다듬고,
고집스런 소신은 조금 다스려야
함께 조화를 이루고 어울릴 수 있으니까요.
저 강돌처럼 말입니다.

전문화?

제가 사는 이곳 태화산 자락에서는
고추를 많이 재배합니다.
산길을 따라 마을에서 집으로 올라오다 보면
밭이란 밭에는 대개 고추가 심어져 있습니다.
수익면에서 그래도 고추가 낫기 때문입니다.

그렇게 고추로 전문화, 규모화하다 보니
수익성이 낮은 다른 작물은 재배하지 않습니다.
또 주변에 자생하는 다른 식물들은
잡초라고 뽑아내거나 농약을 쳐 고사시키니
도태되거나 없어지는 식물들이 적지 않습니다.

세계적으로도
매년 수백 종의 식물이 멸종되고 있다는 기사를
어디선가 읽은 기억이 있습니다.

그렇게 수익성 높은 몇몇 작물로 전문화하면

좋을 것 같지만, 아닙니다.
생태계 파괴 등은 차치하더라도
그 작물에 문제가 생기면
그것이 곧 재앙이 되기 때문입니다.
다양한 식물들이 서로 어울려 살아야
좋은 세상이요, 건강한 생태계일 것입니다.

사람들 세상이라고 다르지 않습니다.
이런 사람도 있고, 저런 사람도 있어야 합니다.
서로 다른 각양각색의 사람들이 함께 어울려 살아야
건강한 사회요, 행복한 국가입니다.

몇몇 특정한 부류의 사람들만 우대되고,
그로 인해 사람들이 그쪽으로만 쏠리게 되면
그것처럼 불안하고 위험한 사회도 없습니다.
작물의 전문화 규모화처럼 말입니다.

그런데도 우리 사회는
점점 더 그런 방향으로 가고 있는 것 같아
고추밭을 바라보는 마음이
착잡하기 그지 없습니다.

안개꽃

인근에 있는 지인댁에 들렀다 보았습니다.
마당 한쪽에 소박하게 피어있는 저 안개꽃을.

님께서도 그러실지 모르지만,
저 꽃을 보면 제일 먼저 꽃다발이 떠오릅니다.
꽃다발에 가장 많이 쓰이는 것이
바로 저 안개꽃이니까요.

장미든 백합이든
저 안개꽃으로 감싸고 받쳐줘야
꽃이 더 빛나고 돋보이기 때문입니다.

스스로 빛나기보다는 옆에서 빛을 내주는 꽃.
다른 꽃을 돋보이게 하기 위해
기꺼이 들러리가 되어 주는 꽃.
제가 안개꽃을 좋아하는 이유입니다.

그렇게 참하고 소박한 꽃이라 그런지,
꽃말 또한 '맑은 마음'이라고 한답니다.
너무나 잘 어울리는 꽃말입니다.

돌아보면 사람 중에도 그런 사람이 있습니다.
앞에 나서기보다 옆에서 묵묵히 도와주는 사람.
다른 사람을 위해 궂은 일을 도맡아하는 사람.
눈에 잘 띄지는 않지만, 없으면 금방 표가 나는 사람…….
꼭 저 안개꽃 같은 사람 말입니다.

그런 사람들이 있기에
세상은 그래도 아름답고
더불어 살 만한 곳이 아닌가 싶습니다.

"너로 인해 내가 더욱 빛난다!"
오래전 어느 자동차의 광고카피지만
저 안개꽃을 일컫는 표현이 아닌가 싶습니다.

바라노니 저 또한 님에게
저 안개꽃과 같은 사람이면 좋겠습니다.

곡계굴

제가 사는 곳에서 얼마 떨어지지 않은,
같은 태화산 자락에 있는 석회암 동굴입니다.

건넛마을에 갈 때면 이 옆을 지나가는데
그때마다 으스스한 기운이 느껴집니다.
굴 속에 남아있을 원혼 때문이 아닌가 싶습니다.

6·25전쟁이 한창이던 1951년 1월.

난을 피해 굴 속에 숨어있던 인근 주민 360여 명이
미군의 폭격에 의해 질식하거나 불에 타 죽었다는,
통한의 역사를 알고 난 후부터의 현상이니
그렇게 틀린 추측은 아닌 것 같습니다.

미군의 그 폭격이
오인이나 우발에 의해서가 아니라
인민군이 숨어 있을 것 같은 지역을 대상으로 한
일명 '싹쓸이' 작전의 일환이었다니,
등골이 오싹하고 모골이 송연해집니다.

비극은 거기에서 끝나지 않았습니다.
가족 친지와 이웃이 그렇게 희생됐는데도
빨갱이로 몰릴까 두려워
말 한마디 못하고 반세기를 보내야 했다니,
굴속에 갇힌 혼령들의 원한이 얼마나 사무칠지
생각만해도 몸이 부들부들 떨립니다.

다행히 참여정부의 과거사 진상조사위 활동을 통해
그나마 세상에 알려지고 위령탑도 세웠지만
희생자의 절반은 아직도 연고조차 찾지 못했다니

혼령들이 굴 속에 갇혀 울부짖는 것은
아직도 마찬가지가 아닌가 싶습니다.

전쟁이란 바로 이런 것인지도 모릅니다.
총을 들고 싸우는 군인들이야 그렇다쳐도
죄 없는 주민들이 이유도 없이 죽어나가는 것.
적이 숨어 있을지도 모른다는 이유로
수백 명의 우리 주민을 향해 네이팜탄을 발포하는 것.
감추려 해도 감출 수 없는 전쟁의 민낯입니다.

그러니 어떠한 경우에도 전쟁은 막아야 한다.
이런 비극이 두번 다시는 없도록 해야 한다.
저 굴 속의 울부짖음이 귓전에서 윙윙거리는,
다시 맞는 6·25의 아침입니다.

사랑法

> 떠나고 싶은 자 떠나게 하고
> 잠들고 싶은 자 잠들게 하고
> 그리고도 남는 시간은 침묵할 것.

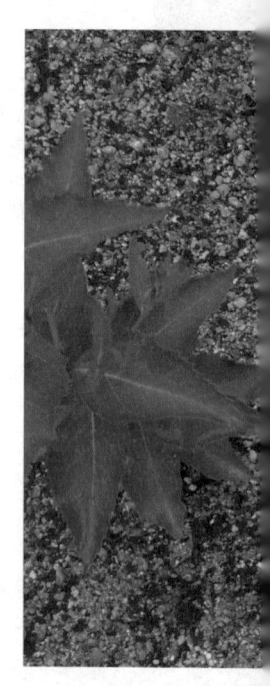

강은교 시인의 「사랑法」이란 시의 첫구절입니다.
제가 신봉하는, 저의 사랑법이기도 합니다.

젊었을 때는 솔직히 저 말을 믿지 않았습니다.
저게 무관심이지 무슨 사랑이냐,
그저 언어의 유희 정도로 생각했습니다.

하지만 세상을 조금(?) 살아본 지금은
최고의 사랑법임을 인정하지 않을 수 없습니다.
나와의 관계를 이유로 구속하지 않고,
나와 다르다는 것을 인정하고 자유함을 주는 것.
그보다 큰 사랑은 없을 테니까요.

어느 기업의 cf에도 나온 내용이지만
좋아하는 것을 해주는 것만이 사랑이 아닙니다.
싫어하는 것을 하지 않는 것 또한 사랑입니다.
어쩌면 그것이 더 큰 사랑일 수 있습니다.

부부 사이라고 예외가 아닙니다.
내 옆지기니 이래야 된다, 저래야 된다,

하나하나 지적하고 요구하고 확인하는 것.
그것은 사랑이 아닙니다.
사랑처럼 보이는 자기만족이요 집착일 뿐입니다.
불화의 원인이자 갈등의 씨앗일 뿐입니다.

지천명의 나이가 되어서이긴 하지만
저는 그래도 그것을 깨닫고 실천하고 있는데
제 옆에 계신 분은 도통 모르는 것 같아
이렇게 편지로라도 알려드리려 하는 것임을
님께서도 이해해 주시면 감사하겠습니다.

님 옆에 계신 분 또한 모르는 것 같다구요?
그렇다면 슬그머니 이 편지만 넘겨 주고
남는 시간은 침묵하십시오.
그것이 제가 추천하는 최고의 사랑법이니까요.

디딤돌

베란다 아래에 만들어 놓은 디딤돌입니다.
계단이 높지 않아 별 필요가 없을 것 같지만,
그렇지 않습니다.

신발을 벗어 흙을 털기에도 좋고,
장화나 작업화를 갈아신기에도 좋습니다.
오르내리기도 한결 편하고 자연스럽습니다.
심리적인 안정감 또한 적지 않습니다.

별 게 아닌 것 같지만,
알고 보면 정말로 중요한 것.
디딤돌은 그런 것이 아닌가 싶습니다.

사람 중에도 그런 사람이 있습니다.
옆에 있으면 왠지 의지가 되고 힘이 되는 사람,
없으면 불안하고 두려워 찾게 되는 사람.
그런 사람 한둘쯤 옆에 있으면
인생이 얼마나 즐겁고 사는 맛이 나겠습니까?

내게도 그런 사람이 있는지,

나는 또 누군가에게 그런 사람일 수 있는지,

천천히 저 디딤돌을 딛고 오르며,

제 인생의 디딤돌을 헤아려보는

월요일 아침입니다.

사이의 법칙?

제가 사는 이곳이 깊은 산중임은 분명하지만
온라인까지 그런 것은 아닙니다.
광통신에다 와이파이도 빵빵 터지니
웬만한 도시보다 나으면 나았지 못하지 않습니다.

그러한 문명의 혜택을 이용해
이따금 우리 선수들이 활약하는 미 프로야구 경기를
핸드폰을 들고 다니며 보기도 합니다.

수만 리 떨어진 미국 땅에서 벌어지는 경기를
이 산중에서 실시간으로 보고 있으니
정말 대단한 세상이 아닐 수 없습니다.

야구를 볼 때마다 깨닫는 것이 있습니다.
투수가 던진 공이 포수 미트에 닿기까지의 0.4초.
그 짧은 순간에 이루어지는 각기 다른 반응이
타자의 능력을 좌우한다는 사실입니다.

평범한 타자들은 본능적으로 배트를 휘두르지만
뛰어난 타자들은 그 짧은 순간에도
구종과 방향을 판단해 반응합니다.

0.4초라는, 자극과 반응의 사이를 활용하는 능력.
그에 따라 뛰어난 타자, 평범한 타자가 갈립니다.

그 '사이'의 법칙(?)은
일상에도 그대로 적용이 됩니다.

어떤 자극이 있을 때 소인들은 즉각 반응합니다.
자극과 반응 사이에 조금의 틈도 없습니다.
말이 끝나기도 전에 목소리를 높이고,
뜻도 이해하지 못한 채 얼굴을 붉힙니다.

대인들은 그렇지 않습니다.
자극과 반응 사이에 상당한 시간이 존재합니다.
기분 나쁜 말이나 행동으로 자극해도
허허 웃으며 생각을 하고 판단을 합니다.
어떻게 반응하는 것이 가장 적절하고 바람직한지를.

솔직히 고백하면 저도 그 사이가 짧습니다.

생각이나 판단보다 말이나 행동이 앞서기도 합니다.

그래도 예전에 비하면 조금씩 길어지고 있습니다.

태화산의 영향 때문이 아닌가 싶습니다.

침묵과 경청.

저 산이 매일 보여주는 것이 바로 그것이니까요.

태화산 월령가

7월

"천렵"

흐르는 계곡물에 발 담그고 마주앉아
매운탕 끓여놓고 주고받는 막걸리잔
무릉이 좋다 한들 이만이야 하겠는가

개복숭아

집 주위에 많이 있는 개복숭아입니다.
복숭아지만 앞에 '개'라는 접두사가 붙어 있습니다.
복숭아라고 다 같은 복숭아냐?
야산에 버려져 관리도 안 되는 이런 것들을
재배 복숭아와 동급으로 취급할 수 없다……
해서 앞에 천하다는 뜻의 '개'자를 붙였습니다.
개다래, 개살구, 개두릅, 개호두 다 마찬가집니다.

근래 들어 상황이 바뀌었습니다.
사람들의 관심이 볼품에서 웰빙으로 옮겨지면서
'개'자는 천한 것을 가리키는 낙인이 아니라
무공해, 자연산을 상징하는 브랜드가 되었습니다.

개복숭아도 마찬가집니다.
발효액을 만들어 한두 숟갈씩 마시면
천식과 기관지에 좋다는 것이 알려지면서
재배 복숭아보다 더 귀하게 대우받고 있습니다.

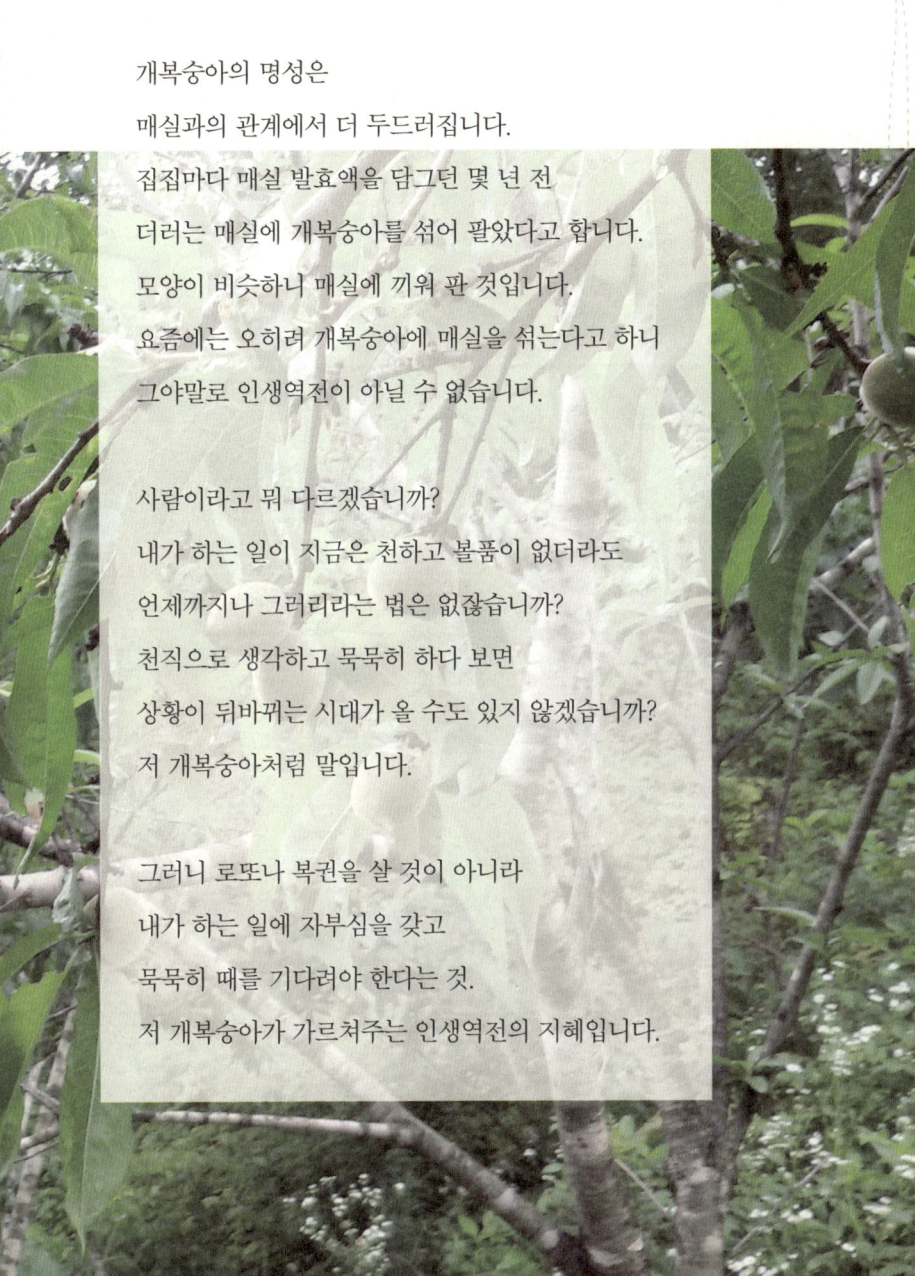

개복숭아의 명성은
매실과의 관계에서 더 두드러집니다.

집집마다 매실 발효액을 담그던 몇 년 전
더러는 매실에 개복숭아를 섞어 팔았다고 합니다.
모양이 비슷하니 매실에 끼워 판 것입니다.
요즘에는 오히려 개복숭아에 매실을 섞는다고 하니
그야말로 인생역전이 아닐 수 없습니다.

사람이라고 뭐 다르겠습니까?
내가 하는 일이 지금은 천하고 볼품이 없더라도
언제까지나 그러리라는 법은 없잖습니까?
천직으로 생각하고 묵묵히 하다 보면
상황이 뒤바뀌는 시대가 올 수도 있지 않겠습니까?
저 개복숭아처럼 말입니다.

그러니 로또나 복권을 살 것이 아니라
내가 하는 일에 자부심을 갖고
묵묵히 때를 기다려야 한다는 것.
저 개복숭아가 가르쳐주는 인생역전의 지혜입니다.

능소화

아랫마을 도로를 지나다 보았습니다.

담벽에 덩굴을 이룬 채 피어있는 저 능소화를.

하늘을 향해 고개를 치켜든 고고한 자태.
양반꽃이라 하여 옛날부터 양반댁에만 심었던 꽃.
장원급제한 사람의 화관에 꽂아 주던 어사화.
명예와 영광이라는 꽃말…….

무척이나 고고하고 화려한 꽃이지만
전해 내려오는 전설은 그렇지 않습니다.
오히려 슬프고 애처롭습니다.

소화라는 궁녀가 있었는데
어느날 임금의 사랑을 받게 됩니다.
하지만 그 뒤로 임금은 찾아오지 않았고,
기다리다 지친 소화는
상사병에 걸려 죽게 되자 유언을 남깁니다.
죽어서도 담 앞에서 기다리겠다고.

소화가 죽은 뒤
그 자리를 뒤덮고 피어난 꽃이
바로 저 능소화랍니다.

그런 소화의 단심 때문일까요.

능소화는 시든 모습을 볼 수가 없습니다.

시들기 전에 송이째 뚝뚝 떨어져 내리니까요.

몸을 던질지언정 추한 모습을 보일 순 없다,

소화의 절개가 꽃에서도 느껴지는 것 같습니다.

겉으로 보기에는 더없이 화려하지만

알고 보면 아픈 사연 한둘씩은 가지고 있는 것.

사람이나 꽃이나 매한가지가 아닌가 싶습니다.

어쩌면 그런 사연이 있기에

더 아름답고 빛이 나는 것인지도 모릅니다.

아픔을 머금고 피어날 때

꽃은 더 처연하고 화사할 수 있으니까요.

그 꽃이야말로 '찬란한 슬픔'의 꽃이니까요.

저 능소화처럼 말입니다.

연꽃

청령포 옆에 조성된 저류지를 둘러보다 보았습니다.

물 속 깊이 뿌리를 내리고 피어난 저 연꽃을.

물은 저류지에 가둔 것이라 솔직히 더러웠습니다.

뿌연 부유물에 흙을 뒤집어 쓴 수초와 이끼.
너무 흐려서 속이 제대로 보이지 않았습니다.
옆에서 흐르는 청령포의 물과 대비가 되었습니다.

하지만 저 연꽃은 달랐습니다.
더럽고 지저분한 물속에 뿌리를 내리고 있지만
한 점의 티끌도 얼룩도 보이지 않았습니다.
맑고 깨끗함에 더해 신성함마저 느껴졌습니다.
빗방울을 머금고 있는 연잎 또한 마찬가지였습니다
아, 이래서 연꽃을 군자라 하는구나,
저절로 고개가 끄덕여졌습니다.

생명은 부득불 환경의 영향을 받게 마련이지만
저 연꽃을 보니 꼭 그런 것은 아닌 것 같습니다.

흙탕물 속에서도
저렇듯 맑고 아름다운 꽃을 피우고,
그 기운으로 오히려 물 속을 정화시키니 말입니다.

치고, 받고, 소리치고, 욕하고……

흙탕물도 모자라 진흙탕 싸움까지 벌이는 여의도.
저 연꽃이 정말로 필요한 곳은
바로 거기가 아닐까 싶은데…….

글쎄요,
아무리 연꽃이라 해도 그곳에서 꽃을 피울 수 있을지,
기대보다는 체념에 가까운 것이 솔직한 제 심정입니다.

웃자람

앞마당에 심어놓은 상추입니다.
쌈을 좋아하는지라 이틀에 한 번 정도 잎을 뜯습니다.
그래도 금방금방 자라 올라오니
이것만 해도 남으면 남았지 부족하지 않습니다.

잎을 뜯을 때마다 유심히 살펴보는 게 있습니다.
뒤쪽에 있는, 꽃대가 올라온 상추입니다.
몇 번 뜯지도 못했는데 너무 웃자라
조만간 뽑아내야 할 것 같기 때문입니다.

처음에는 유난히 돋보였습니다.
같이 뿌린 씨앗인데도 자라는 게 달랐습니다.
다른 상추가 싹을 틔울 때 잎을 펼치고,
잎을 펼칠 때는 벌써 완전한 성체가 되었습니다.
또래에 비해 두드러진 성장과 성숙.
하지만 그 결과는 별 게 아니었습니다.
너무 웃자라 별 쓸모도 없이 노화되었습니다.

사람 중에도 일찍 두각을 나타내는 경우가 있습니다.
세살 때 구구단을 외우고, 다섯 살 때 천자문을 읽고,
일곱살 때 인수분해를 하고…….

하지만 그런 아이일수록 더 조심해야 합니다.
한 가지 능력이 특출나다는 것은
그외의 능력이 부족하다는 반증일 수 있습니다.

그러니 부족한 다른 것들을 채워줘야 하는데
그래서 완전한 인격체로 균형을 잡아줘야 하는데
현실은 정반대입니다.

무슨 큰 인물이라도 난 것처럼 호들갑을 떱니다.
사진을 찍고, 카메라를 들이대고, 인터뷰를 하고…….
그 결과 아이는 균형을 잃고 웃자라게 됩니다.
저 뒤쪽의 상추처럼 말입니다.

방송에 많이 소개된 천재 영재들의 인생이
별 볼일 없는 이유가 여기에 있습니다.
청소년 때는 세계 최고 수준인 우리의 스포츠가
성인팀이 되면 별로인 이유도 마찬가집니다.

앞서간다는 것이 결코 좋은 것만은 아니라는 것.
그럴수록 부족한 부분을 돌아봐야 한다는 것.
저 웃자란 상추가 몸으로 가르쳐 주는
또 하나의 삶의 교훈입니다.

호박꽃

아무리 생각해도 이해가 되지 않습니다.
저 꽃이 왜 못생긴 여자를 상징하는지.
저 꽃이 왜 꽃도 아닌 것처럼 천대를 받는지.

눈길을 잡아끄는 황금빛 꽃잎.
쉴새없이 날아드는 벌과 나비.
제가 보기에는 그 어느 꽃보다
아름답고 향기로운데 말입니다.

거기에 포용이라는 꽃말이 상징하듯
넉넉하고 너그러운 마음까지 갖췄으니
꽃에도 군자가 있다면
바로 저 꽃이 아닌가 싶은데 말입니다.

모르긴 해도
어느 시기심 많은 꽃들의 질투가
사실처럼 와전된 것이 아닌가 싶습니다.

가만히 생각해 보면
우리가 보고 듣는 여론이라는 것도
저 호박꽃 같은 경우가 적지 않습니다.

내가 보기에는 정말로 시급하고 중요한데
엉뚱한 곳에 국력을 낭비한다 폄훼하고,
내 생각에는 그저 한번 웃고 지나갈 일인데도
나라가 망할 것처럼 호들갑을 떠니 말입니다.

그러니 세상에 믿을 것 하나 없다는 것.
그러니 내 주관이 바로 서야 한다는 것.

저 호박꽃을 보고 있으니
저도 모르게 치솟아오르는 세상 한탄입니다.

올인 All-in

어젯밤 강원랜드의 모습입니다.
어제 오후 이곳에 와서 하룻밤을 보냈습니다.
그렇다고 그렇게 눈을 치뜨실 필요는 없습니다.
설마하니 제가 카지노로 밤을 지샜겠습니까?

강원도에는 폐광지역발전특별법에 따라
이곳 강원랜드의 수익금을 재원으로
폐광지역 주민들의 창업을 지원하는 사업이 있습니다.

금년도에 저희 김삿갓협동조합도
그 사업의 지원 대상으로 선정이 되어
사업 추진에 관한 워크샵 참석차
이 산속의 아방궁(?)까지 오게 되었습니다.

2년 동안 총 1억 원의 사업비를 지원받게 되니
조합에서 꿈꾸고 계획하는 사업을 추진하는 데
정말로 요긴한 도움이 아닐 수 없습니다.

카지노 하면 암적인 존재로만 생각했는데
어찌됐든 저희가 이곳의 도움을 받게 되었으니
세상 일 정말 한 치 앞도 알 수 없는 것 같습니다.
그렇다고 이곳이 활성화돼야 한다는 뜻은 아니니
사람이 변했다, 오해(?)는 없으시기 바랍니다.

이렇게 모처럼 카지노 앞을 서성거리고 있으니
오래 전 이병헌 송혜교가 주연한 드라마가 생각납니다.

올인(All-in).

내가 가진 모든 것을 걸고 벌이는 인생의 승부.

저는 제가 꿈꾸고 추진하는

김삿갓 힐링캠프에 걸겠습니다.

님은 어디에 올인하시겠습니까?

천렵 川獵

농사짓고 산다고
허구헌날 풀만 뽑고 있을 수야 없지 않습니까?
본격적인 휴가철로 접어든 7월 하순,
저도 하루 땡땡이 치고
공동체 회원들과 천렵을 나갔습니다.

소백산 안쪽의 인적 드문 계곡에 자리를 잡고
깔딱메기 몇 마리 잡아 매운탕을 끓인 다음
대낮부터 이슬이와 입을 맞추기 시작했습니다.

흐르는 계곡물에 발을 담그고 앉아
세상 시름 다 잊고 주거니 받거니 나누는 술잔.
살면서 가끔은 이런 재미도 있어야지,
누구 말마따나 인생 뭐 있습니까?

뙤약볕 아래 비지땀을 흘리며 일을 하다가도
마음이 동하면 언제든 이렇게 떠나올 수 있는 것.
제가 이곳으로 내려온 또 하나의 이유입니다.

님께서도 함께하고 싶으시다구요?

그게 뭐 그리 어렵겠습니까?

눈 딱 감고 훌쩍 떠나 오십시오.

회사일 때문에, 얽매인 몸이라…….

핑계는 대지 마십시오.

님이 며칠 안 계셔도 회사는 돌아가고,

세상은 세상대로 또 그렇게 굴러갈 것이니까요.

터미네이터

밭가에 심어놓은 호박입니다.
지난주 편지에서 소개해 드린 것처럼
황금빛 꽃이 아름답고 잎도 무성합니다.
하지만 어찌된 일인지 호박이 열리지 않습니다.

내가 제대로 보지 못한 것이겠지,
눈을 크게 뜨고 손으로 헤쳐보지만
있어야 할 호박은 어디에도 보이질 않습니다.

도대체 왜 그런 것인지, 한참을 생각해보니
아마도 터미네이터 종자가 아닌가 싶습니다.
유전자 조작을 통해
생식기능을 파괴한 종자 말입니다.

오늘날 세계의 종자시장은
몬산토를 비롯한 몇몇 다국적기업이 지배합니다.
국내시장 또한 마찬가집니다.

IMF때 국내 종묘회사가 다 이들에게 넘어갔습니다.

이들은 자신의 지배력을 강화하기 위해
터미네이터 종자를 만들어냅니다.
자신들의 종자를 심으면 정상적으로 자라지만
그 종자에서 씨를 채취해 심으면
열매가 열리지 않게 만들어버린 것입니다.
해마다 자신들의 종자를 사 쓰라는 것이지요.

그런 사실을 들어 알고는 있었는데
막상 저 불임의 호박을 보니 몸이 부르르 떨립니다.
저런 작물이 확산되면
농사는 어떻게 되고, 생태계는 또 어떻게 될지…….

눈앞의 이익에 급급해
작물의 생식능력까지 파괴한 인간의 욕심이
생태계의 재앙을 가져올 수 있다는 생각이 들자
머리가 곤두서고 등골이 오싹해집니다

아울러 종자주권의 중요성이 피부로 느껴집니다.
수확량이 조금 더 나온다고 외래종을 찾을 게 아니라
내가 가꾼 것에서 종자를 채종해 쓰는 방식으로
토종종자를 지키고 보존해가는 것.
그것이 이 땅의 농부가 해야 할
또 하나의 사명임을 절감하게 됩니다.
다시는 저 불임의 호박같은 작물이
나오지 않도록 말입니다.

논둑길

마을길을 달리는데 저 길이 눈에 들어왔습니다.
파릇파릇한 벼 논 사이로 난 둑길,
흙으로 다져 만든 저 논두렁길이
갑자기 걷고 싶어졌습니다.

차를 세우고 내려 둑길로 들어섰습니다.
한 발 한 발 천천히 내디디며 걸었습니다.
그때마다 발바닥에 느껴지는 말랑말랑한 촉감,
시멘트 길과는 완전히 달랐습니다.

추억도 그런 흙길을 좋아하는지,
어느새 뒤따라와 나란히 걷고 있습니다.
이 길 옆에 막대기로 구멍을 뚫어 콩을 심던 일,

그 콩잎을 뒤적이며 메뚜기를 잡던 일,
그리고 옆집 가시내의 뒤를 따라 걷던 일까지…….
참 많은 기억들이 두서없이 떠오릅니다.

논둑길은 어쩌면
그런 추억과 정감의 길인지도 모르겠습니다.

언제부턴가 도시에서는 흙길이 사라졌습니다.
어디를 가나 시멘트요 아스팔트뿐입니다.
마지막으로 남아 있던 학교 운동장조차
우레탄에 인조잔디로 바뀌었습니다.
모르긴 해도 늙어 죽을 때까지
흙 한번 밟아보지 못하는 사람도 있을 것입니다.
불행도 그런 불행이 없습니다.

본격적인 휴가철로 접어든 7월 말입니다.
계곡도 좋고 바다도 좋습니다.
그래도 오가는 도중 저 논둑길을 보시거든
잠시 내려 아이들 손잡고 걸어보십시오.
님께도 아이들에게도
가슴이 훈훈해지는 색다른 경험이 될 것입니다.

풍화

산길을 걷다가 저 바위를 보았습니다.
사방천지에 널린 것이 바위요 돌이지만
저 바위를 지나는 순간 가슴이 시큰거렸습니다.
세월의 무상함 때문이었습니다.

저 바위도 처음에는 강철처럼 단단했을 것입니다.
폭풍우가 몰아쳐도 꿈쩍도 하지 않고
망치로 때려도 불꽃을 튀기며 맞섰을 것입니다.

하지만 세월의 무게에는 어쩔 수 없어
조금씩 조금씩 풀어지고 약해져

이제는 손으로 쥐기만 해도 부서져 내리는
바위 아닌 바위가 되고 말았습니다.

세월에 장사 없기는
사람도 마찬가지가 아닌가 싶습니다.
저 또한 한 때는 '머물러 있는 청춘인 줄 알았는데'
어느새 이렇게 머리가 허연 중년이 되었습니다.
그리고 또 얼마의 세월이 지나면
저 바위처럼 흙으로 부서져 내리겠지요.

그러고 보면
삶에 너무 바둥거릴 필요는 없을 것 같습니다.
생이 결국 죽음을 향해 달리는
시간과의 싸움이라면
빨리 달려 봐야 그만큼 빨리
저 바위처럼 풍화될 뿐 아니겠습니까?

그때그때 주어진 상황과 여건에 따라
하고 싶은 것 하면서 천천히 즐기는 것.
그것이 어쩌면 저 세월의 무상함을 이기는,
비법 아닌 비법이 아닐는지요.

유모차?

마을을 다니다 보면 심심치 않게 눈에 띄는 물건입니다.
경로당이나 마을회관 같은 곳에는
여러 대가 줄지어 서 있을 때도 있습니다.

아기 울음소리가 끊어진 지 오래라면서
그 무슨 잠꼬대 같은 소리냐, 하시겠지만
한 치의 거짓도 없는 분명한 사실입니다.
다만 용도가 바뀌었을 뿐입니다.

님께서는 저것을 유모차로 알고 계시겠지요.
처음부터 그렇게 만들어졌고,
도시에서는 다들 그렇게 사용하고 있으니까요.

하지만 이곳 시골에서는 아닙니다.
나이 많은 할머니들이 사용하는 할미차입니다.

허리가 굽어 걷기가 힘든 할머니들이

저 차의 손잡이를 잡고 밀면서 이동합니다.
지팡이처럼 몸을 의지하고 중심을 잡을 수 있는데다
웬만한 물건까지 싣고 다닐 수 있어
할머니들에게는 없어서는 안 될 생활필수품입니다.

아이가 자라 쓸모가 없어진 유모차를
저렇듯 새로운 용도로 재활용하는 것이
가치가 있고 바람직하긴 하지만
씁쓸한 마음 또한 감출 수 없습니다.
고령화의 농촌을 단적으로 보여주는 것이니까요.

저 차가 본래의 목적대로 아기들을 태우고,
그것을 나이 드신 할머니들이 밀고 다니는,
두 가지 목적을 동시에 충족시킬 수 있는
그런 농촌은 정말 불가능한 것인지…….
날씨만큼이나 마음이 착 가라앉는 봄날의 아침입니다.

도그마

저희집 쌀독입니다.
쌀이 가득 차 있을 때는 몰랐는데
바닥을 드러내니 속이 꽤 깊습니다.
그래서 요즘에는 쌀을 풀 때마다
고개를 숙이고 팔을 뻗어야 합니다.

깊고 컴컴한 속으로 고개를 들이밀면
안에 있는 쌀뿐 다른 것은 보이지 않습니다.
사방이 꽉 막힌 비좁은 공간, 답답하고 숨이 막힙니다.

그래서일까요.
저 독에서 쌀을 풀 때마다
머릿속에는 도그마라는 말이 떠오릅니다.
발음이 비슷하고 의미도 상통하기 때문입니다.

도그마.
이성적이고 논리적인 비판이 허용되지 않는

독단적인 신념이나 학설을 말합니다.
꼭 저 속에 갇혀 있는 것처럼
자기 밖에 보지 못하는 자기 제일주의입니다.

생각해보면 누구에게나 조금씩 그런 면이 있습니다.
다른 사람의 말이나 입장은 생각지 않고
자기 생각만 강요하는 그런 경향 말입니다.

저 또한 예외라 할 수는 없습니다.
저는 소신이라고 생각하는 그것이
많은 분들에게 고집으로 보일 수 있으니까요.

그러니 사람의 크기는
눈과 귀의 크기에 비례하는 것인지도 모릅니다.
눈을 사방으로 돌려 많은 것을 보고
주변의 다양한 소리에 귀를 기울여야
저 속에 빠지지 않을 수 있으니까요.

쌀을 풀 때마다 제 가슴 속에 퍼 담는
저 항아리의 울림입니다.

허수아비

처음에는 동네 아주머니인 줄 알았습니다.
인사라도 하려고 경적을 눌렀는데
아무런 움직임이 없어 그때서야 알았습니다.

지푸라기에 밀집모자는
이제 알 만한 새들은 다 아는지라
허수아비도 변신을 하는 것 같습니다.

허수아비 하면 생각나는 것이 참 많습니다.
감성적인 데다 상징성이 다양해
많은 작품에서 소재로 활용하기 때문입니다.

저는 먼저 〈참새와 허수아비〉가 떠오릅니다.
80년대 대학가요제에서 대상을 수상한
애절하고 안타까운 사랑의 노래 말입니다.

나는 나는 외로운 지푸라기 허수아비

너는 너는 슬픔도 모르는 노란 참새
들판에 곡식이 익을 때면 날 찾아 날아온 널
보내야만 해야 할 슬픈 나의 운명……

그런 슬픈 운명이 어디 허수아비뿐이겠습니까?
좋다고 찾아온 사람을 보내야 하는 엇박자 사랑.
그런 비련의 주인공이 어디 한둘이겠습니까?
알고 보면 비슷한 사연 한두 가지 쯤은
누구나 다 간직하고 계시지 않겠습니까?

그러고 보면
좋은 사람을 만나는 것도 어렵지만
그렇게 만난 사람과 함께한다는 것은
더 어려운 일이 아닌가 싶습니다.
그래서 천생연분이란 말이 생긴 게 아닐는지요.
하늘이 맺어준 인연 말입니다.

님은 어떻습니까?
님은 지금 천생의 연분과 살고 계십니까?
아니면 비련을 간직한 저 허수아비처럼입니까?

8월

"반딧불이"

하늘에는 무수한 별들이 반짝이고
허공에는 반딧불이 사방에서 난무하니
산중의 여름밤 빛의 향연 장관일세

승자독식 사회

마을로 내려가는 길 옆의 산자락입니다.
한참을 지나가는 적지 않은 자락인데
보이는 것이라곤 칡넝쿨뿐입니다.
칡의 성장과 번식이 워낙 두드러지다보니
다른 식물들을 누르고 온 산을 뒤덮은 것입니다.

두어 달 전만 해도
온갖 꽃들이 앞을 다투며 피었는데
그 많은 식물들이 다 어디로 갔는지…….
칡의 위세에 눌려 하나도 보이질 않습니다.

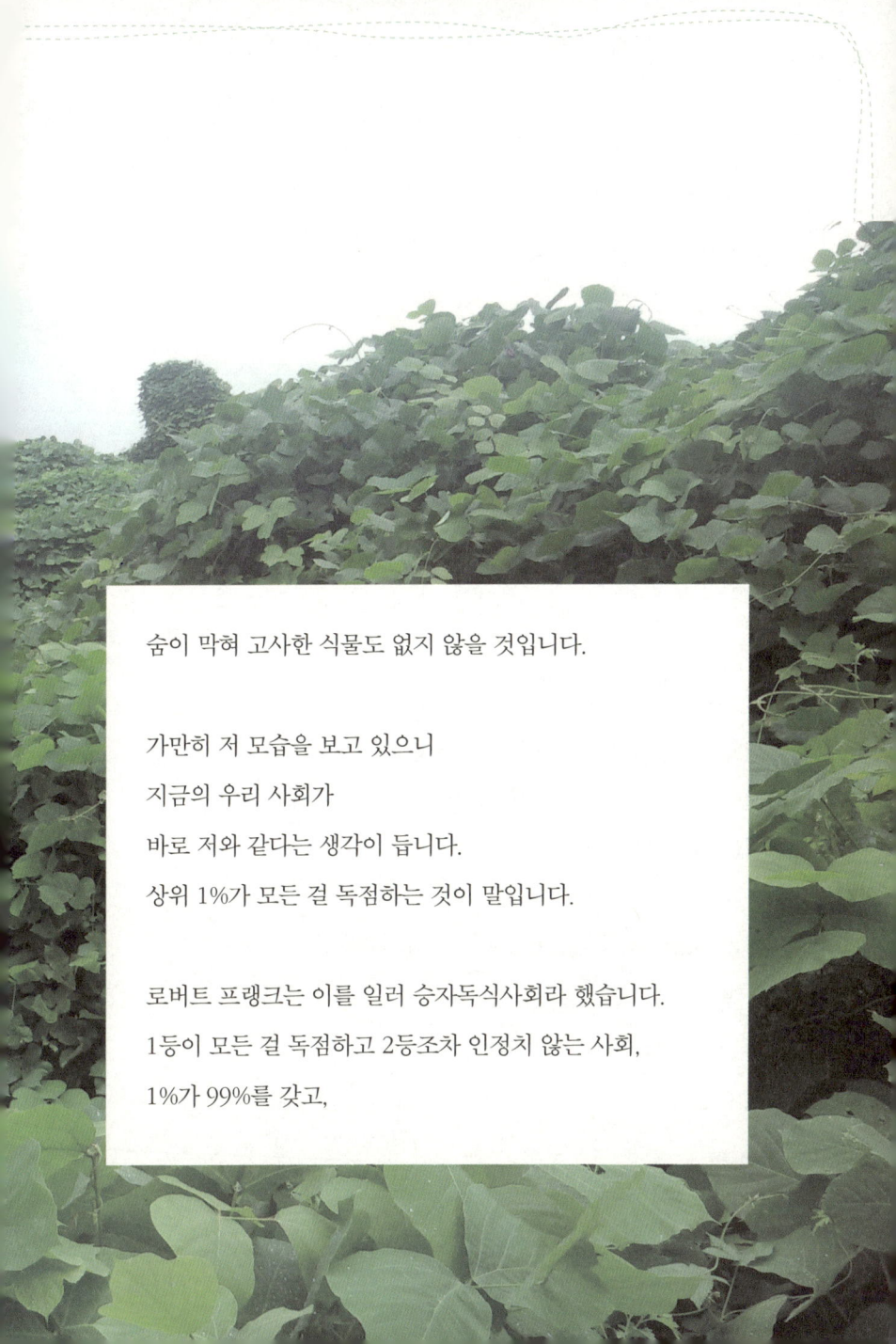

숨이 막혀 고사한 식물도 없지 않을 것입니다.

가만히 저 모습을 보고 있으니
지금의 우리 사회가
바로 저와 같다는 생각이 듭니다.
상위 1%가 모든 걸 독점하는 것이 말입니다.

로버트 프랭크는 이를 일러 승자독식사회라 했습니다.
1등이 모든 걸 독점하고 2등조차 인정치 않는 사회,
1%가 99%를 갖고,

나머지 99%가 겨우 1%에 빌붙어 사는
양극의 극단으로 치닫는 사회.
정말로 무섭고 끔찍한 세상이 아닐 수 없습니다.

모르긴 해도 저 칡은 조만간 제거될 것입니다.
한 종의 식물이 지나치게 무성하면
산림청에서 인력을 동원해 베어내기 때문입니다.
한 종의 독점으로 인해
생태계가 파괴되는 것을 막기 위해서지요.

식물은 그렇게라도 해서 승자독식을 방지하는데
우리 사회의 승자독식은 그렇지도 못합니다.
브레이크 없는 전동차처럼 앞으로만 내달립니다.
그것을 막고 방지해야 할 정부마저
오히려 더 부채질을 해대는 모양새입니다.

그러니 누가 있어 무엇으로
이 악의 고리를 끊을 수 있을지…….
생각만 해도 답답하고 숨이 막히는
주말 아침입니다.

달맞이꽃

외출했다 밤 늦게 집으로 돌아오는데
자동차 불빛에 이 꽃이 보였습니다.
어둠 속에서 피어난 노오란 꽃.
그냥 지나칠 수 없어 차를 세우고 내렸습니다.

꽃은 대부분 밤에 오므렸다 아침에 핍니다.
그래야 그 아름다움을 세상에 알릴 수 있고
벌과 나비가 더 많이 날아들기 때문입니다.

하지만 이 꽃은 정반대입니다.
낮에는 시들어 있다 밤이 되야 꽃잎을 펼칩니다.
모두가 잠든 밤에 홀로 피어 미소를 짓는 꽃.
그래서 더 어여쁘고 마음이 가는지도 모르겠습니다.

집에 와서 찾아보니
이 꽃에 깃든 전설은 한술 더 뜨는 격입니다.

오래 전 그리스의 호숫가에
별을 좋아하는 요정들이 살았는데
그중에 달을 좋아하는 한 요정이 있었답니다.

어느 날 별이 너무 많아 달이 보이지 않자
큰소리로 이렇게 외쳤답니다.
"저 별들이 다 없어져야 달이 밝게 빛날텐데."

그러니 별 요정들이 가만히 있겠습니까.
달 요정은 결국 별도 달도 없는 곳으로 쫓겨났고,
그곳에서 죽어 저 꽃이 되었답니다.

참 철도 없고 어찌 보면 무모하기까지 하지만
한편으로는 마음이 가고 공감이 됩니다.
언제 어디서나
자신이 좋아하는 달을 좋아한다 말할 수 있는,
달 요정의 사랑과 용기가 부럽기도 합니다.
그래서 저렇게 달빛을 받아 먹고 사는
달맞이꽃이 되었으니까요.

지록위마도 모자라
지록위백이란 말까지 회자되는
요즘의 세태 때문일까요.

오늘은 조용히 김정호의 노래를 들으며
저 꽃의 진설을 다시금 되새겨보고 싶습니다.

얼마나 기다리다 꽃이 됐나,
달밝은 밤이 오면 홀로 피어
쓸쓸히 쓸쓸히 미소를 띠는
그 이름 달맞이꽃……

벽과 문

제가 사는 집의 방문입니다.
못해도 하루에 열댓 번은 들락거립니다.
열렸을 때는 그대로,
닫혔을 때도 문만 열면 방과 거실이 연결됩니다.

그렇게 별 생각 없이 드나들었는데
어느 순간 갑자기 한 생각이 떠올랐습니다.
저 문도 처음에는 벽이었다는 생각이요.

곰곰히 생각해보니 그렇습니다.
벽과 문은 애당초 하나입니다.
벽을 뚫으면 그것이 곧 문이요.
문도 닫아버리면 벽이나 마찬가지니까요.
벽이 없으면 문도 존재하지 않으니까요.

인생 또한 마찬가지가 아닌가 싶습니다.
문을 내기 위해서는 먼저 벽을 인정해야 합니다.

내 앞을 가로막은 크고 작은 벽,

이곳과 저곳 사이에 놓인 보이지 않는 벽.

그 벽을 인지하고 두드려 깨야 합니다.

그래야 서로를 잇는 문이 열릴 수 있습니다.

그런데도 우리는 벽은 외면하고 문만 찾습니다.

벽을 뚫는 노력은 하지 않고

소리 높여 소통만 외쳐댑니다.

그러니 아무리 소리친들 문이 열리겠습니까.

소통은 없는 문을 찾는 게 아니라

벽을 인정하고 깨는 노력에서 시작된다는 것.

방문을 열고 닫으며 다시금 가슴 속에 새겨 넣습니다.

퍼즐

기계 반입을 위해 조합 사무실을 정리하는데
한쪽 구석에 있던 이것이 눈에 띄었습니다.
가로 50개, 세로 40개,
총 2천 개의 조각으로 된 퍼즐그림입니다.
누가 끼워 맞췄는지는 모르지만
정말 대단한 끈기요 인내라는 생각이 듭니다.

하지만 저의 시선이 머문 곳은
1999개의 맞춰진 퍼즐이 아니라
조각이 빠진 하나의 빈 자리였습니다.

2천 개 중의 하나.
정말로 미미한 숫자입니다.
위치도 그렇습니다.
그림이 그려진 중심부가 아니라
빈 여백의 바깥 쪽입니다.

그러니

있어도 그만, 없어도 그만일 것 같지만

그렇지 않습니다.

한눈에 보기에도 이가 빠진 것처럼 흉합니다.

저 그림을 벽에 걸지 못하고 구석에 처박아 둔 것도

어쩌면 그 때문일 것입니다.

살다 보면,

나란 존재가 참 하찮게 느껴지기도 합니다.

세상의 무수한 사람들 중 하나,

하는 일도 시원찮고, 알아주는 사람도 없고…….

있으나마나하다고 자괴감이 들기도 합니다.

하지만 세상 또한 저 퍼즐과 같습니다.

아무리 보잘것없는 한 조각이라도

그 조각이 없으면 퍼즐 전체가 망가지듯

내가 없으면 구멍이 나고 흠집이 생깁니다.

중심을 이루든, 가장자리를 지키든

모든 조각이 제자리에서 조화와 균형을 이뤄야

아름다운 퍼즐작품이 완성되는 것처럼

잘난 사람이나 못난 사람이나 다 같이

자신의 위치에서 자신의 역할을 다해야

정말로 멋지고 아름다운 세상이 도래할 것입니다.

나는 그 세상을 이루는,

없어서는 안 될 한 조각입니다.

저 이빨 빠진 퍼즐이 가르쳐 주는 분명한 사실입니다.

해바라기

길을 지나다 보면
가끔씩 저 샛노란 꽃이 눈에 띕니다.
해를 우러러 핀다는 꽃, 해바라기입니다.

가까이 다가가 사진을 찍으며 쳐다보니
꽃이 참 순박하다는 생각이 듭니다.
단순하기 짝이 없는 둥그런 형태와 샛노란 빛깔,
해를 향해 방긋 웃고 있는 듯한 모습…….
'숭배'라는 꽃말과 잘 어울리는 것 같습니다.

해를 향한 애오라지 바라기.
어쩌면 저 해바라기야말로
정말로 행복한 꽃인지도 모르겠습니다.

마음을 다해 믿고 따를 수 있는,
그것만 바라볼 수 있는 대상이 있다는 것.

생에서 찾을 수 있는 큰 행복이 아니겠습니까?

그런 측면에서 보면
요즈음의 우리는 참 불행하다는 생각이 듭니다.
저 해바라기의 해와 같은 존재,
믿고 따를 수 있는 영웅이 없으니까요.

그런 영웅이 되어야 할 국가의 지도자는
저주와 원망의 대상이 되어버렸고,
교사나 교수 또한 존경과 흠모가 아니라
지식을 파는 장사꾼으로 전락해 버렸으니까요.
그로 인해 그들이 있어야 할 젊은이들의 가슴 속을
연예인이나 운동선수가 차지하고 있으니까요.

제 가슴 속 또한 공허하기는 마찬가지입니다.
그렇다고 이 나이에 없는 영웅을 찾아 나설 수도 없으니,
아쉬운 대로 저 해바라기를 바라며
그저 마음의 위안이나 얻어야겠습니다.

노을

태화산 7백고지에서 바라본 서쪽 하늘입니다.
하루를 열심히 달려온 해가
서녘으로 저물며 자아내는 저녁노을이
고즈넉한 산촌풍경과 어울려 참 아름답습니다.

빛의 굴절이니 산란이니 하는
노을의 과학적 원리는 잘 모르겠습니다.
그저 지는 해가 저토록 아름다울 수 있다는 것이
마음을 평온하게 하고 위안을 줍니다.

이제는 저도 반백을 넘긴 지천명의 나이.
하늘로 치면
중천을 지나 서녘으로 향하고 있습니다.

그래서일까요?

예전에는 동녘에서 솟구치는 일출이 좋았는데

요즘에는 서녘을 물들이는 저 붉은 노을이

더 마음에 와 닿습니다.

다가오는 나의 저녁 또한

저렇게 아름답고 평화로울 수 있다면,

저 노을처럼 붉게 빛날 수 있다면…….

하늘의 노을은 해가 만들어내지만

인생의 노을은 내가 만들어가는 것.

나의 노년이 저 노을처럼 붉게 빛날 수 있도록

지금부터라도 더 많이 사랑하고

더 열심히 살아야겠습니다.

모기

손이 따끔하길래 반사적으로 내리쳤습니다.
한두 번도 아니고 수도 없이 당했는데
또 그렇게 당하고 있을 수는 없었습니다.

끓어오른 복수심이 위력을 발했는지
이번에는 용케 제대로 맞혔습니다.
피를 빨던 녀석은 그 자리에서 즉사했습니다.

그동안 제 몸을 얼마나 찔러댔는지
그 작은 몸에서 피가 흥건히(?) 터져 나왔습니다.
뱃속의 새끼에게 먹이기 위해 그랬다 해도
용서할 수 없는 피 강도가 아닐 수 없습니다.
다른 놈들이 보고 움찔할 수 있도록
하루 종일 저대로 그냥 두고 싶어졌습니다.

뉴스를 보다 보면
사람 세상에도 저 모기 같은 흡혈귀가 있습니다.

대학생들의 알바비를 가로채는 악덕업주,
농촌 노인들의 쌈짓돈을 우려 먹는 사기꾼,
원금보다 더 많은 이자를 갈취하는 사채업자…….
저 모기보다 더하면 더했지 덜하지 않습니다.

어디 꼭 그런 놈들만 그렇겠습니까?
크든 작든, 보이든 보이지 않든
누군가가 오랫동안 피땀 흘려 이룩한 것을
알게 모르게 무단으로 빼어먹는 사람들.
그 또한 저 흡혈 모기와 뭐가 다르겠습니까?

그렇게 얘기하니 제 가슴이 뜨끔해집니다.
저 또한 누군가의 성과에 침을 꽂은 적은 없는지,
주인도 없는 밥상에 숟가락만 들고 다가간 적은 없는지…….
손바닥에 눌러붙은 녀석의 사체를 보며
오늘 하루 제 자신의 삶을 돌아봐야겠습니다.

태연자약

밖으로 나가거나 돌아오는 길에는
습관처럼 한 번씩 집 뒤의 태화산을 쳐다봅니다.
언제나 묵묵히 그 자리를 지키고 있는 산.
어떠한 자극과 미혹에도 흔들리지 않는
태화산의 저 태연자약을 닮고 싶기 때문입니다.

『장자』에 나오는 기성자의 고사에 의하면
최고의 싸움닭은 빠르고 날쌘 닭이 아닙니다.
용맹스럽고 투지가 넘치는 닭도 아닙니다.
나무로 만든 것처럼
상대가 아무리 소리를 지르고 위협을 가해도
동요하지 않고 평정심을 유지하는 닭이라고 합니다.
저 태화산처럼 말입니다.

반백을 넘고 보니 사람도 별반 다르지 않습니다.
앞에 나서 설치고 갑치는 사람은 별 게 없습니다.
씩씩거리며 목소리 높이는 사람도 마찬가집니다.

아무리 모욕을 주고 자극을 해도 인내하는 사람,
저 산처럼 표정 하나 바뀌지 않고 태연자약한 사람,
그런 사람이 정말로 무섭고 뛰어난 사람입니다.

그래서일까요.
삼성그룹의 창업자인 고 이병철 회장은
집 거실에 목계를 걸어놓았다고 합니다.
언제 어떤 자극이나 모욕을 당하더라도
나무닭처럼 흔들림 없이 평정심을 유지해야 한다고
스스로를 경계하고 위로했다 합니다.

별스럽지 않은 일에도 씩씩거리고 목소리를 높이니
저는 아직도 많은 수양과 인내가 필요합니다.
그래도 누구처럼 나무닭은 깎지 않아도 됩니다.
들고나며 저 산을 한 번씩 쳐다만 보면 됩니다.
저 산이야말로 태연자약의 실체요,
쳐다만 봐도 수양이 되고 공부가 되니까요.

변화

마을로 내려가는 길 옆에 있는 밤나무입니다.
가지가 도로까지 뻗어 있어
지나갈 때마다 마주치게 됩니다.
요즘에는 이런 저런 일로 매일 밖에 나가는지라
적어도 하루 두 번씩은 보게 됩니다.

아침 저녁으로 볼 때는 달라지는 게 없습니다.
잎의 색도 그렇고, 밤송이도 마찬가집니다.
아침이나 저녁이나 그게 그거고,
어제와도 별 차이를 느낄 수 없습니다.

하지만 송이는 어느새 굵을 만큼 굵어졌고,
푸르디 푸른 잎도 색이 많이 빠졌습니다.
계절은 그렇게 소리없이 바뀌고 있습니다.

아무도 느끼지 못하는 사이에
밤송이 위에까지 내려앉은 가을을 보면서
변화란 것에 대해 생각해 봅니다.

변화 하면 우리는 확 달라진 무엇을 생각합니다.
하지만 참된 변화는 바로 저런 것인지도 모릅니다.
매일 봐도 모를 정도로 조금씩 조금씩이지만
끊임없이 달라져 저렇듯 탐스런 열매를 맺는 것.
그것이 바로 변화의 본질이 아닐는지요.

하루 아침에 갑자기 확 달라지는 것.
그것은 변화가 아니라 혁명일 것이니까요.

그러고 보면 우리는
변화를 너무 어렵게 생각하는 경향이 있습니다.
지금 이 순간부터 담배를 끊겠다,
한달 내에 5kg을 감량하겠다,
전쟁에 나서는 장수처럼 결의를 다집니다.
하지만 그런 변화는 성공하기 어렵습니다.
그건 변화가 아니라 혁명일 것이니까요.

그러니 변화에는 다짐도 결의도 필요치 않습니다.
그저 저 밤송이처럼 조금만 조금만 달라지면 됩니다.
다만 중요한 것은 그것을 지속하는 끈기일 것입니다.
아무리 작은 것이라도 부단히 지속할 수만 있다면
변화는 저절로 이루어지게 마련이니까요.
그것이 진정한 변화일 것이니까요.

마음 내키는대로 하루 한 편씩 써 보자고,
다짐도 결의도 없이 시작한 〈태화산 편지〉가
저의 많은 것을 변화시켰듯이 말입니다.

봉숭아

아랫마을을 지나다 보았습니다.

어느 집 돌담 아래 피어 있는 저 소담한 꽃을.

얼핏 스쳤는데도 참 많은 것이 연상되어

차를 후진시키고 내려 한참을 쳐다보았습니다.

제가 어렸을 때는 저 꽃이 참 흔했습니다.

집집마다 담 밑에는 저 꽃을 심었습니다.

꽃이 예쁘기도 하지만 그 때문만이 아니었습니다.
저 붉은 빛깔의 꽃이 사악한 기운을 막아
질병이나 나쁜 일이 안으로 들어오지 못하게 한다고
믿었기 때문이었습니다.
특히 뱀이 가까이 오는 것을 막아준다고 해서
금사화禁蛇花라고도 불렸답니다.

저 꽃을 뜯어
손톱에 물을 들이는 것도 마찬가지였습니다.
그저 예쁘게 치장을 하기 위한 것이 아니었습니다.
나쁜 기운을 막아 건강을 지켜달라는
기원의 표상이었습니다.
오늘날의 매니큐어와는 차원이 달랐습니다.

울 밑에 선 봉선화야, 하며
민족의 한을 담아 노래한 것도
저 꽃에 담겨 있는 그러한 의미 때문이었습니다.

젊었을 때는 그런 얘기를 들으면 헛웃음이 나왔습니다.
그래서 될 것 같으면……, 혼잣말로 중얼거리며

참 한심하다는 생각도 했습니다.
그때는 그렇게 흔하던 저 꽃이
지금은 보기도 힘들 정도가 된 것을 보면
그렇게 생각했던 게 저 혼자만은 아닌 것 같습니다.

하지만 지금은 아닙니다.
고개를 끄덕이고 수긍을 합니다.
그렇게 생각하면
그렇게 되는 물리적인 힘이 생길 수 있음을,
그래서 결과에도 영향을 미칠 수 있음을
이제는 알기 때문입니다.

그래서 저도 내년에는 씨앗을 구해
마당가에 몇 송이 심어 놓을 계획입니다.
그리고 잊혀진 의미도 부각시킬 것입니다.
특히나 뱀이라면 기겁을 하는 집사람에게
수시로 얘기하고 인지시켜 줄 것입니다.

그렇다고 믿으면 마음이 편해지고 안정이 되는 것.
그것이 바로 긍정의 힘이니까요.

사다리

제게는 꼭 필요한 생활필수품 중 하나입니다.
지붕이나 컨테이너 같은 곳은 물론
나무에 올라갈 때도 저 사다리가 있어야 합니다.
턱에 걸쳐 놓고 한 계단 한 계단 밟고 올라가야
지붕 위든 나무 위든 올라설 수 있습니다.

그런데 먼저 딛고 올라선 사람이
저 사다리를 걷어차 버리면 어떻게 되겠습니까?
뒤따르던 사람들은 바닥에서 발만 동동 구르며
낭패감에 어찌할 바를 모를 것입니다.

일명 사다리 걷어차기.
캠브리지대 장하준 교수가 지적한 경제이론입니다.
경제 성장에서 앞서 나간 선진국들이
뒤따르는 신흥개발국에게
올바른 성장 방식이나 모델들은 감추고
엉뚱한 이론이나 방식을 제시한다는 지적입니다.

따라오지 못하게 사다리를 걷어찬다는 것입니다.

그런 현상이 어찌 국제경제뿐이겠습니까?
우리 사회 곳곳에서도 쉽게 목격할 수 있습니다.
입으로는 상생을 들먹이면서
중소기업을 하청업자로 만들어버리는 대기업,
골목의 먹거리 상권까지 싹쓸이하는 대형마트,

2인자를 용납치 않는 정치 지도자들…….
자신만의 거대한 왕국을 만들기 위해
있는 사다리, 없는 사다리 다 걷어차 버립니다.

사람 중에도 그런 사람이 있습니다.
다른 사람이 알면 따라 할까 싶어
별 것도 아닐 걸 감추고 엉뚱하게 일러주는 사람,
조금 먼저 차지한 자리를 지키기 위해
뒤따르는 사람을 누르고 주저앉히는 사람…….
경쟁이 극심한 사회구조 탓이다, 이해는 하지만
입맛이 씁쓸한 것은 어쩔 수 없습니다.

하지만 그들은 알지 못합니다.
먼저 올랐다고 그렇게 사다리를 걷어차버리면
내려올 때가 되도 내려올 수가 없다는 것을,
바닥으로 추락해
부서질 수밖에 없다는 사실을 말입니다.

소신공양

밭가에서 풀을 뽑는데 이것이 눈에 띄었습니다.
썩어 문드러진 늙은 호박입니다.
봄에 심은 열댓 포기에서 몇 개 달리지 않았는데
그나마 달린 것도 이렇게 썩어 문드러졌습니다.

하지만 그것이 벌레들에게는 성찬이었습니다.
개미를 비롯한 뭇벌레들이 다 파먹어
형체도 사라지고 빈 거죽만 남았습니다.

물끄러미 그 흔적을 바라보고 있으니
나희덕 님의 「어떤 출토」라는 시가 생각났습니다.

　…… 흙 속에 처박힌 달디단 그녀의 젖을
　온갖 벌레들이 오글오글 빨고 있는 게 아닌가
　소신공양을 위해
　타닥타닥 타고 있는 불꽃같기도 했다……

소신공양.

제 몸을 불태워 부처님께 공양을 드린다는 뜻입니다.

자신의 모든 것을 뭇생명들에게 내어주고

형체도 흔적도 없이 사라지는

호박의 이 완전한 소멸을 보고 있자니

시인의 표현에 저절로 고개가 끄덕여집니다.

한편으로는

얼마 전에 투신한 부산대 교수가 생각납니다.

자신이 믿고 지향하는 가치를 지키기 위해

건물에서 뛰어내렸다는 그 교수님 말입니다.

그분의 투신이
저 호박과 같은 소신공양인지
아니면 무모한 돌출행동인지는 잘 모르겠습니다.

그것은 그분이 지키고자 했던 가치가
이 사회와 세상을 밝히는 데 기여하는 것인지,
특정 집단의 이익을 위한 것인지에 달려 있고,
그에 대한 평가는 사람에 따라 다르니까요.

다만 하나, 바라는 게 있다면
소신공양이든 돌출행동이든
다시는 그와 같은 일이 일어나지 않도록
우리 사회가 안정되고 성숙되었으면 하는 것인데…….

그것이 실현가능한 현실일지,
아니면 저만의 부질없는 희망일지,
그 또한 저는 잘 모르겠습니다.

수확

지난 일요일 아침,
마을길을 달리다 마주친 광경입니다.
밀레의 만종처럼 평화로운 모습에 마음이 끌려
다가가 양해를 구하고 사진을 찍었습니다.

세워 말린 깻단을 날라주는 바깥노인과
바닥에 앉아 막대기를 두드리며 터는 안노인.
나이가 들어 동작은 둔하고 느리지만
노부부의 입가에는 미소가 떠나질 않았습니다.

미루어 하는 짐작이지만
노부부의 마음은 무척 분주할 것입니다.
'이것으로 기름을 짜서 아들네 딸네 주고,
지난해 분가한 손주에게는 따로 한 병 보내야 하고…….'
생각만 해도 마음이 즐겁고 흐뭇할 것입니다.

수확이란 그런 것이 아닌가 싶습니다.

지난 몇 달 많은 땀을 흘리며 가꿔온 만큼

양이 많고 적고, 값이 있고 없고를 떠나

그 자체로 기쁘고 설레는 것.

그것이 수확이요 결실이 아닐는지요.

일년 농사의 수확이 그러할진대

인생의 수확이야 더 말해 무엇하겠습니까?

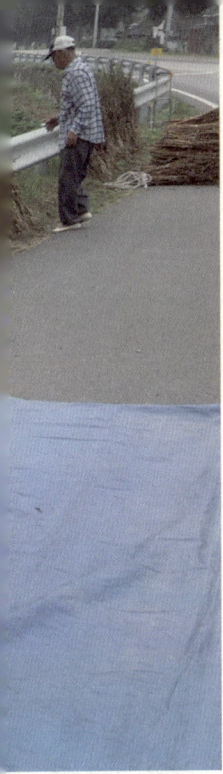

제 나이 쉰 하고도 넷.

계절로 치면 결실을 수확해야 할 가을입니다.

하지만 인생의 농사를 어찌 지었는지

아무리 찾아봐도 거두어들일 것이 없습니다.

그렇다고 실망하지는 않습니다.

조생종이 있으면 만생종이 있는 것처럼

인생의 결실 또한 늦게 영글 수도 있으니까요.

설령 제대로 된 열매가 영글지 않아도 괜찮습니다.

그것을 키우고 가꾸는 그 과정 또한

생의 또다른 기쁨이요 즐거움이니까요.

작물과 달리 생의 방점은

결실보다 과정에 있으니까요.

기다림

저희집 2층 베란다에 있는 장독입니다.

속에는 지난 1월에 띄워 버무린 와송된장이 들어 있습니다.

그때부터 지금까지 8개월의 시간을

한결같이 저곳에서 저 모습으로 견뎠습니다.

맛 좋고 몸에 좋은 된장으로 식탁에 오르기 위해서는

앞으로도 많은 시간을 그러해야 합니다.

장을 일러 흔히들 기다림의 맛이라고 합니다.

저 캄캄한 독 속에서 오랜 시간을 견디며

햇빛과 바람에 조금씩 조금씩 익어가는 것.

그 기다림과 인고의 크기에 따라

맛이 달라지기 때문입니다.

묵으면 묵을수록 깊고 그윽한 맛.

더 활발해지는 기능과 약성.

그래서 오래된 장은 약이라고 합니다.

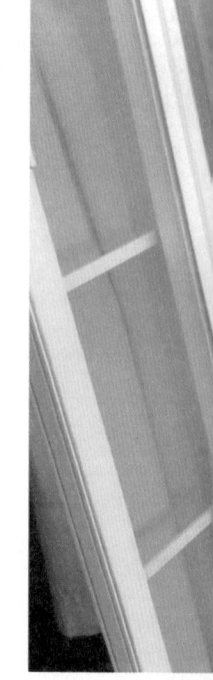

기다림은 사람에게도 필요합니다.

세상을 바꾸든, 내 삶을 바꾸든

무엇인가 일을 하고 변화하기 위해서는

오랜 시간 참고 기다리는 숙성의 과정이 필요합니다.

하지만 시대가 빨라졌기 때문인지,

사람이 달라졌기 때문인지,

요즘의 우리들은 기다리지를 못합니다.

속성이니 광속이니 해가며
꽃도 지기 전에 열매를 따려 하고
과정은 무시하고 결과만 재촉합니다.

저도 이곳으로 내려온 뒤에야 알았습니다.
그래서 되는 일 하나 없다는 것을요.
하루 아침에 스타가 된 것 같은 신데렐라에게도
저 장처럼 무수한 시간의 기다림이 있었다는 것을요.

그러니 아직 기회가 오지 않았다면
그것은 더 많은 기다림이 필요하다는 뜻입니다.
더 다듬고 숙성해야 한다는 뜻이기도 합니다.

강태공은 바늘 없는 낚시를 던지며
70년을 기다린 끝에 천하를 얻었다지 않습니까?

제가 얻을 것이 무엇인지는 잘 모르지만
저도 더 많이 참고 인내하며 기다릴 것입니다.
저 장독이 제게 기다리라 기다리라,
그렇게 일깨워 주고 있으니까요.

배일치 고개

농촌 어디에서나 흔하게 볼 수 있는 고개입니다.
하지만 제 고향 인근에 있는 이 고개에 오르면
옷깃을 여미게 되고 마음도 숙연해집니다.
고개에 깃들어 있는 이야기 때문입니다.

삼촌에게 왕위를 빼앗기고
머나먼 영월 땅으로 귀양 오던 단종이,
영월이 내려다보이는 이 고개에 이르자
서산의 해를 향해 절을 올렸다는
애절한 이야기가 있기 때문입니다.
그때부터 고개의 이름도 배일치로 불렸답니다.

일국의 제왕에서 죄인 아닌 죄인이 되어
기약없는 귀양지로 들어서는 단종의 심정.
그 두렵고 불안한 마음을 미루어 짐작할 수 있기에
이곳에서는 경적조차 함부로 울릴 수 없습니다.

이 또한 수없이 많은 고개 중의 하나이지만
오직 이곳에만 있는 특별한 고개로 느껴지는 것.
그것이 바로 이야기의 힘이 아닌가 싶습니다.

세상에는 별처럼 수많은 사람들이 있습니다.
저나 님 또한 그 중의 한 사람이지만
그들과 구별되어야 '나'로서 존재할 수 있습니다.

그러기 위해서는 나만의 이야기가 있어야 합니다.
어지러운 세상을 구하는 무용담이든
심금을 울리는 애틋한 사랑의 이야기든
좌충우돌하는 돈키호테 같은 생활담이든…….
남과는 다른 나만의 이야기를 만들어야 합니다.

사람은 얼굴로 구별되는 것이 아니라

얼굴에 담긴 이야기에 따라 달라지는 것이니까요.
저 배일치 고개처럼 말입니다.

그렇다면 내 얼굴에는 어떤 이야기가 담겨 있는지,
다른 누구에게도 없는 나만의 이야기가 있는지……
오늘 하루는 가만히 거울을 쳐다보며
거울 안의 내가 들려주는 나의 이야기에
조용히 귀를 기울여야겠습니다.

9월

"약초"

아침밥 먹었으면 서둘러 가자꾸나
송이능이 도라지에 더덕까지 유혹하니
마음이 앞에 서서 발걸음을 재촉하네

격세지감

길을 가다 보면 심심치 않게 눈에 띕니다.
우리 마을에서도 이웃 마을에서도
눈을 크게 뜨면 어렵지 않게 찾아볼 수 있습니다.

저 광고를 볼 때마다 저는 격세지감을 느낍니다.
예전과 다른 한 글자 때문입니다.

불과 몇 년 전까지만 해도
저기에는 대부분 '팝니다'는 글자가 써 있었습니다.
하지만 지금은 거의가 '삽니다'입니다.
'팝니다'는 여간해서 찾아보기 어렵습니다.

귀농 귀촌이 하나의 트렌드가 되면서
농촌의 땅을 사려는 사람들이 부쩍 늘었습니다.
땅값도 하루가 다르게 뛰고 있습니다.

제가 있는 이곳 태화산 자락만 해도
3년 전 제가 살 때보다
두 배는 불러야 들은 체라도 할 것입니다.

나오는 물건은 없는데 사려는 사람은 늘어나니
저렇게 갑과 을의 입장이 바뀌어
'땅을 팔라'는 광고가 도처에 나붙는 것입니다.

말은 나면 제주도로 보내고
사람은 나면 서울로 가야 한다며
이뿐이도 금순이도 담봇짐을 쌌는데…….

그때와 비교하면 세상 참 많이 변했습니다.

그래서 세상은 살 만한 곳인지도 모릅니다.
지금은 양지라도 내일은 음지가 될 수 있고,
오늘은 외면받아도 내일은 환호받을 수 있는 것.
그렇게 돌고 도는 세상이니까요.

그러니 지금 내가 하는 일이 어렵고 힘들다고,
모두가 외면하고 기피하는 일이라고,
주저앉거나 낙담할 필요 없습니다.

천직이려니 생각하고 열심히 하다 보면
언젠가 격세지감을 느낄 날이 올 것이니까요.
저 전단지처럼 말입니다.

아브라카다브라

읍내로 나가는 길 옆에 있는 돌탑입니다.
언제 누가 쌓았는지는 모르지만
꽤 높은 돌탑이 보기 좋게 만들어져 있습니다.

오고 가며 저 돌탑을 볼 때마다
문득문득 떠오르는 단어가 있습니다.
'아브라카다브라'라는 단어입니다.

한때 걸그룹의 섹시한 춤으로 알려진 이 말은
'말한 대로 될지어다' 하는 헤브라이 말로
중세시대 술사들의 주문呪文이었다고 합니다.

저 많은 돌을 하나하나 쌓아올리며
마음속으로 되뇌고 되뇌었을 누군가의 기원.
그것이 바로 아브라카다브라일 것이기 때문입니다.

젊었을 때는 솔직히 그런 것에 관심도 없었습니다.

형체도 없고 존재도 불분명한 것이 무슨 힘이 있냐,
마음은 무시하고 눈에 보이는 실체만 믿었습니다.

하지만 나이가 들면서 조금씩 바뀌었습니다.
실체야말로 시간과 공간에 따라 달라지는 것이요,
실체를 좌우하는 것이 마음임을 깨달았기 때문입니다.

몽고의 침입을 막기 위해
칼 대신 팔만대장경을 새긴 불가사의한 역사를
조금은 이해할 수 있게 되었기 때문입니다.

그렇습니다.
마음으로 간절히 원하면 그것은 현실이 됩니다.
해야 한다고, 할 수 있다고 생각하면
할 수 있는 힘이 생깁니다.
그것이 바로 긍정의 힘이요 마음의 힘입니다.

제게도 올해가 가기 전에
정말로 하고 싶은 그 무엇이 있습니다.
님께서도 마찬가지시겠지요.
그렇다면 저 돌탑을 쌓듯
함께 되뇌고 또 되뇌는 것이 어떻겠습니까?

아브라카다브라, 아브라카다브라!
되뇌는 그대로 이루어질 것이니까요.

메밀꽃 필 무렵

산허리는 온통 메밀밭이어서
피기 시작한 꽃이 소금을 뿌린 듯이
흐뭇한 달빛에 숨이 막힐 지경이다.

한국인이라면 누구나 한 번쯤 읽었을
「메밀꽃 필 무렵」의 메밀밭 묘사 장면입니다.

고향집에 들렀다 인근에 조성된 저 메밀밭을 보자
그 맛깔스런 표현에 고개가 끄덕여졌습니다.
연푸른 잎 위에 무수히 피어난 새하얀 꽃잎들.
정말로 하얀 소금을 흩뿌려 놓은 것 같지 않습니까?
낮에도 이런데 달밤에 보면 더 그렇지 않겠습니까?

소설의 무대가 되는 봉평이 아니어도
메밀꽃을 보면 우리는 「메밀꽃 필 무렵」을 떠올리고,
거기에 등장하는 앞의 구절을 읊조리게 됩니다.

발표한 지 80년이 지난 지금까지도 이러하니
한 편의 작품이 갖고 있는 힘이 얼마나 대단한지,
그 위력을 다시 한번 실감하게 됩니다.
그래서 사람은 죽은 뒤에도
그가 남긴 작품으로 기억되는가 봅니다.

정도의 차이는 있겠지만
사람은 누구나 자신만의 작품이 있습니다.
평생에 걸쳐 추구하고 다듬어 온 자신만의 삶.
그 자체가 그의 생의 작품일 것이니까요.
다만 그 치밀함과 완성도에 따라
전파범위와 영향력에 차이가 있을 뿐입니다.

그렇다면 나의 작품은 무엇인지 생각해 봅니다.

내가 죽고 난 뒤 사람들은 무엇으로 나를 떠올릴지,

나를 추억하고 기억해 줄 내 생의 작품은 무엇인지…….

아무리 생각해도 선뜻 떠오르는 것이 없습니다.

그렇다고 세상을 잘못 살았다,

실망하거나 좌절하지는 않으렵니다.

그동안 나름대로 이런저런 밑그림을 그렸으니

남은 시간 좀더 다듬고 완성하면 되지 않겠습니까?

님은 어떻습니까?

님은 지금 어떤 작품을 가다듬고 계십니까?

사후에 사람들이 님을 떠올리고 기억하게 할

님만의 생의 작품은 무엇입니까?

아침

며칠 전 아침, 남한강의 한 장면입니다.
강물 위에 배를 띄우고 그물을 드리우는 모습이
한 폭의 동양화처럼 아름답고 여유로워
달리던 차를 멈추고 밖으로 나왔습니다.

동쪽 하늘 위로 서서히 밝아오는 아침해.
그 빛을 받아 반짝반짝 빛나는 물결.
그 위에서 표표히 그물을 드리우는 어부.
생각해보면 저것이야말로
아침다운 아침의 모습이 아닌가 싶습니다.

떠나온 지 3년이 넘었지만
도시의 아침은 지금도 눈에 선합니다.

주차장 같은 도로 위에서 벌어지는 출근전쟁,
콩나물 시루처럼 미어터지는 지하철,
시간에 쫓겨 뛰고 달리다 보면

이마도 모자라 등까지 적셔오는 땀방울…….

제가 떠나왔으니 조금 덜할지 모르지만
생각만해도 등에 땀이 배는 것은
달라진 것이 아무 것도 없기 때문일 것입니다.

아침은 분주히 뛰고 달리는 시간이 아닙니다.
조용히 하루를 계획하고 기도하는 시간입니다.
비록 도시의 일상에 쫓겨 몸은 그렇지 못하더라도
마음만은 잠시 여유를 찾을 수 있도록
남한강의 저 고즈넉한 아침을 님께 드리겠습니다.

일상에 지친 눈과 마음을 저 강물에 씻고
오늘 하루만이라도
넉넉하고 여유로운 아침이 되었으면 좋겠습니다.

안갯길

어제 아침 마을로 내려가는 산길의 모습입니다.
안개가 짙게 끼어 앞이 잘 보이지 않았습니다.
매일같이 오가는 익숙한 길이지만
그래도 여간 조심스럽지 않았습니다.
속도를 죽이고 좌우를 살피며 조심조심 내려갔습니다.

불확실성.
안갯길을 내려가는 내내
제 머릿속에는 그 말이 둥둥 떠돌았습니다.

안개 속에서는 무엇 하나 제대로 보이지 않습니다.
희뿌연 형상만 보일 뿐 실체를 알 수 없습니다.
심하면 희미한 형상조차 알아볼 수 없습니다.

생각해보면 지금의 제 삶 또한 저 안갯속에 있습니다.
귀농, 어수리, 협동조합, 김삿갓 힐링캠프…….
제가 하고 있는 그 어느 것 하나
오리무중이 아닌 것이 없습니다.
길은 길인 것 같은데, 앞이 잘 보이지 않습니다.

지금 내가 제대로 가고 있는지,
가다가 길이 끊기는 것은 아닌지,
발을 잘못 디뎌 절벽으로 떨어지는 것은 아닌지…….
유행가 가사처럼 한 치 앞도 알 수 없기에
불안하고 두려운 마음 또한 감출 수 없습니다.

그렇다고 낙망하거나 주저앉지는 않을 것입니다.
불안과 두려움 또한 저 안개의 속성이요,
안갯속에서 벗어나기 위해서는
당연히 거쳐야 할 관문과 같은 것이니까요.
그것을 이겨내고 차분히 기다려야
안개가 걷히고 길이 드러날 것이니까요.

결실

가을은 결실의 계절이라 했던가요?
요즘의 들녘을 보면 그 말이 실감이 납니다.
황금들녘을 이루는 벼이삭을 비롯해
온갖 곡물들이 탐스럽게 익어가고 있습니다.

가만히 보면 가을의 작물에게는 공통점이 있습니다.
열매가 익을수록 고개를 숙인다는 사실입니다.
벼는 물론이고 조, 수수, 율무 등 대다수의 곡물이
저렇게 고개를 아래로 드리우고 있습니다.
꽃을 피우고 열매를 달 때만 해도
하늘을 향해 고개를 빳빳히 쳐들었는데,
익을수록 그 결실의 무게를 감당할 수 없는가 봅니다.

어떤 근거도 없는 제 생각이긴 하지만
지식이나 경험 같은 생의 결실에도 무게가 있습니다.

그래서 사람도 아는 게 많을수록,

덕이 높고 경륜이 깊을수록 고개를 숙입니다.
저 벼이삭이나 수수이삭처럼 말입니다.
그래서 군자나 스승은 겉으로 알아볼 수 없습니다.

그런데 간혹, 군자나 스승을 자처하는 이들이 있습니다.
내가 최고다, 나뿐이다, 내가 해봐서 안다…….
모르는 게 없고 못하는 게 없는 듯 고개를 치켜듭니다.

하지만 그런 분들은 십중팔구 쭉정이입니다.
겉은 그럴듯한데 속이 텅 비어 있습니다.
이삭은 달렸는데 속에 알이 영글지 않았으니
결실의 무게가 없어 가볍게 떠도는 것입니다.

반백을 넘었으니 계절로 치면 저도 가을,
내 결실의 무게는 어느 정도일까 가늠해 봅니다.
마음 같아서는 무거워 고개라도 숙이고 싶은데
아무런 무게감이 느껴지지 않으니…….

님은 어떻습니까?
이 가을, 님은 무엇을 얼마나 결실하고 계십니까?

꿀사과

지난 주 수확을 시작한 누이네 사과입니다.
일교차가 큰 산비탈에서 재배하기 때문에 그런지
사과가 단단하고 맛이 좋습니다.
특히 과육 여기저기에 밀병이 배어 있어
씹으면 꿀같은 단맛이 우러납니다.

밀병.
일명 사과의 꿀이라 불리는 그것은
알고 보면 일종의 병입니다.
과육내에 당의 일종인 소르비톨의 축적량이 많아
세포 밖으로 삐져나오기 때문에 생기는 현상입니다.

병이라는 치명적인 약점이
꿀사과라는 최고의 강점이 되니
자연의 오묘함은 정말 알다가도 모르겠습니다.

작은 키, 코맹맹이 목소리, 툭 튀어나온 눈······.

사람에게도 누구나 감추고 싶은 약점이 있습니다.
외모뿐 아니라 체질이나 성격도 마찬가집니다.

하지만 그것이 오로지 약점인 것은 아닙니다.
누구도 흉내낼 수 없는 나만의 개성으로 발전시키면
나의 가치를 높여주는 최고의 강점이 될 수 있습니다.

동전의 양면처럼
치명적인 약점이 최고의 강점이 될 수 있다는 사실.
저 꿀사과에게 배우는,
꿀처럼 달콤한 삶의 지혜입니다.

낭중지추

집 외벽에 못을 박을 일이 생겨
몇 개 주머니에 넣고 사다리를 타고 올랐습니다.
망치로 이곳저곳 두드려 박을 위치를 찾고 있는데
허벅지 부근에서 따끔한 통증이 느껴졌습니다.

동작을 멈추고 주머니를 뒤집어보니
뾰족한 못의 끝이 밖으로 삐져나와 있었습니다.
송곳처럼 날카로운 그 끝이
몸을 따라 움직이며 허벅지를 찌르는 것이었습니다.

잠시 그 모습을 보고 있으니
낭중지추란 말이 떠올랐습니다.
주머니 속의 송곳이란 말로
재능이 뛰어난 사람은 반드시 드러난다는 의미의 고사성어입니다.

하지만 그것이 재능에만 국한되는 것은 아닙니다.
뛰어난 것에만 해당되는 말도 아닙니다.

선행은 물론 악행 또한 감추고 숨기려 해도
언젠가는 드러나게 마련이라고
폭넓게 해석할 수 있습니다.

그러니 내가 한 일,
아무도 알아주지 않는다고 서운해할 것이 아니요,
본 사람이 없다고 안도할 일도 아닙니다.
주머니 속에서 삐져나온 저 못처럼
언젠가는 겉으로 드러나게 마련이고
그에 따른 대가는 반드시 돌아올 것이니까요.

그러니 누가 보든 말든 의식하지 않고
묵묵히 내 일에 최선을 다하는 것.
그것이 세상을 사는 올바른 지혜가 아닐는지요.
진실은 저 송곳처럼 스스로 드러나게 마련이니까요.

코스모스 길

차를 달리다 이 길로 들어서니 마음이 확 달라집니다.
괜히 기분이 좋아지고 콧노래도 흥얼거려집니다.
길 옆으로 피어 있는 코스모스 때문입니다.

사람과 엇비슷한 키에 사슴처럼 긴 모가지.
줄지어 서서 바람에 한들한들 흔들거리는 것이
마치 양쪽으로 늘어서 저를 반겨주는 것 같아
괜히 우쭐한 마음까지 들게 합니다.

저 길을 달리니 어릴적 추억이 떠오릅니다.
그때만해도 시골에는 저 꽃이 지천이었습니다.
학교를 오갈 때면 어디서나 눈에 띄는 저 꽃을 뜯어
바람개비 날리듯 팽그르르 허공으로 띄워 날렸지요.
지금은 그런 길을 찾기도 어렵지만 말입니다.

똑같은 길이라도 옆에 무엇이 있느냐에 따라
우리가 느끼는 마음은 이렇게 달라질 수 있습니다.

그래서 저는 고속도로보다 국도를 더 좋아합니다.

인생길도 마찬가지라는 생각이 듭니다.
양쪽이 방음벽으로 꽉 막혀 있는 고속도로보다
저렇게 코스모스 한들거리는 국도길이
더 즐겁고 재미있지 않겠습니까?

그러기 위해서는 저 씨를 받아 인생길에 뿌려야겠지요.
다행히 저희 집 마당가에도 흐드러지게 피었으니
올해는 그 씨를 받아 듬뿍듬뿍 뿌려야겠습니다.
제 인생길이 저 꽃으로 넘실댈 수 있게 말입니다.

마음은 늘 그렇게 앞서 가는 것인지
그런 생각을 하니
입에서는 벌써 노랫소리가 튀어나옵니다.

코스모스 한들한들 피어 있는 길
향기로운 가을길을 걸어갑니다……

저 꽃이 이어져만 있다면
세상 끝까지라도 한번 달려보고 싶은
잘 익은 가을날 아침입니다.

나방

아침에 창문을 열다가 깜짝 놀랐습니다.
방충망 바깥쪽에 저 녀석이 착 달라붙어
안쪽을 노려보고 있기 때문입니다.

나방치고는 엄청나게 큰 데다
날개를 활짝 펴고 있는 모습이 박쥐와 흡사해
징그럽고, 조금 무섭다는 생각마저 들었습니다.

저런 것은 빨리 쫓아내는 것이 상책이라

방충망을 몇 번이나 두드렸지만
녀석은 미동조차 하지 않았습니다.
그 모습 그대로 죽어 있는 것이었습니다.

산중의 낮과 밤은 일교차가 심합니다.
낮에는 덥지만 밤에는 겨울처럼 춥습니다.
밤이 되자 어둡고 추운 날씨를 견디지 못해
빛과 온기를 찾아 방쪽으로 날아왔지만,
방충망에 막혀 더는 들어오지 못하고
문 앞에서 얼어 죽은 것이었습니다.

그런 녀석을 물끄러미 바라보고 있으니
연일 뉴스로 보도되는 중동의 난민들이 생각납니다.
전쟁과 배고픔을 이기지 못하고
자유를 찾아 유럽으로 몰려드는 난민들.
그들의 모습이 저 나방과 다를 바 없다는 생각이 들자
칼로 그은 듯 가슴이 아렸습니다.

다만 바라건대
그 끝만은 저 나방과 같지 않았으면 좋겠습니다.

원시반본 原始反本

귀농 이후 또 하나 달라진 것이 있다면
명절 때의 입장입니다.
매번 귀성전쟁, 귀경전쟁의 당사자였는데
이제는 느긋하게 기다리고 보내는 입장이 되었습니다.

제가 직접 당사자일 때는 생각지 못했는데
조금 떨어져 지켜보는 입장이 되니 의문이 생깁니다.
저렇게 극심한 전쟁(?)을 치르면서까지
고향을 찾아오는 이유가 무엇인지 말입니다.

사실 고향에 온다고 특별한 것은 없습니다.
기껏해야 차례나 지내고 돌아가기 일쑤입니다.
부모님 얼굴 한번 뵙고
가족들과 밥 한 끼 먹는 게 전부입니다.

그런데도 내려와야 하고, 내려올 수밖에 없는 것은
회귀본능 때문이 아닌가 싶습니다.

고향과 부모님은
단순한 물리적 공간과 대상이 아니라
내 삶의 근원이자 뿌리이니까요.

원시반본原始反本이라 했습니다.
모든 생명은 처음 출발한 원점으로 되돌아가는 것이
자연의 섭리라는 것입니다.

우리의 가슴 속에 내재되어 있는 그 본능이
명절이 되면 고향으로 달려가지 않을 수 없게 만드는,
보이지 않는 힘이 아닌가 싶습니다.

젊어서는 도시로 도시로 나가지만
나이가 들면 농촌으로 돌아오고,
현실이 그렇지 못하면
마음으로라도 늘 귀향을 꿈꾸는 것 또한
바로 그 원초적 본능 때문이 아닐는지요.

그러니 배우자가 귀농 귀촌을 입에 달고 산다고
너무 나무라거나 타박하지 마십시오.

그것은 그도 어쩔 수 없는 생의 본능이니까요.
생활환경과 여건 때문에 가리워져 있을 뿐
님의 가슴 속에서도 꿈틀거리고 있을 것이니까요.

그러다 언젠가는 분출이 되어
님이 먼저 짐을 꾸리는 상황이 올 수도 있으니까요.
저 귀성행렬처럼 말입니다.

복면가왕

요즘 들어 제가 즐겨 보는 TV 프로입니다.
나이 얼굴 경력 등 모든 것을 가리고,
가창력 하나로 승부를 벌이는 노래 경연 프로입니다.

선입견을 버리고 노래에만 집중할 수 있는 데다
복면 속 인물에 대한 궁금증까지 더해져
많은 분들이 즐겨 보는 것으로 알고 있습니다.

일요일 저녁 저 프로를 보면서
복면에 대해 다시 생각하게 되었습니다.
'복면을 쓰니 다른 것을 의식하지 않고
노래에 집중할 수 있어 좋았다'는
혼혈가수의 인터뷰 때문이었습니다.

노래 자체가 아니라 다른 외적인 것들 때문에
마음고생이 얼마나 심했을지 미루어 짐작할 수 있었습니다.

가만히 생각해 보면
저 또한 그런 경험이 있고, 지금도 마찬가집니다.
어떤 일을 하려고 할 때
일 그 자체보다 다른 것들에 신경이 쓰입니다.

이 나이에 이런 일을 하면 남들이 뭐라고 할지,
주책맞다 소리나 듣고 눈총이나 받는 것은 아닌지,
주위의 시선이 느껴져 망설이게 됩니다.

그러니 제게도 저 복면이 하나 있었으면 좋겠습니다.
주위의 시선이나 체면 같은 것은 의식하지 않고
오로지 일 그 자체에 몰두할 수 있도록 말입니다.

내 복면은 누가 주는 것이 아니라
내 스스로 만들어야 하는 것.
올 겨울 틈나는 대로 목공예라도 배워
멋진 하회탈이라도 하나 만들어야겠습니다.

커피

어제 아침의 일입니다.
평소처럼 아침을 먹고 나서 커피를 탔습니다.
봉지를 잘라 컵에 넣고 포트의 물을 부었습니다.

그런데 웬걸?
커피가 하나도 섞이지 않았습니다.
물에 풀어지지 않고 덩어리가 그대로 남았습니다.
끓인 것으로 착각하고
포트의 찬물을 그대로 부은 것이었습니다.

벌써 건망증이 생긴 것일까?
낭패감에 젖어 먹지도 못하게 된 커피를 보고 있자니
저것이 어쩌면
지금 우리 사회의 모습과 같다는 생각이 들었습니다.

소통, 화합, 융화, 협력…….
오늘날 세간의 화두가 되고 있는 말들입니다.

누구나 입만 열면 소통 소통하고,
만나기만 하면 손을 잡고 화합을 외칩니다.

하지만 정작 되는 것은 하나도 없습니다.
같이 있어도 서로 겉돌기만 합니다.
나는 하나도 바뀌지 않으면서
상대가 바뀌기만 강요하기 때문입니다.

커피가 맛을 내기 위해서는
형체를 버리고 끓는 물에 녹아내려야 합니다.
그러지 못하고 버티면
저 커피처럼 먹지도 못하는 애물단지가 될 뿐입니다.

소통과 화합 또한 마찬가지입니다.
어느 정도 내 주장과 체면을 접고
끓는 물에 기꺼이 녹아들어야 합니다.
그래야 마음이 통하고 화합이 이루어집니다.

나는 아니다, 바뀔 수 없다, 서로 버티기만 하면
소통은 커녕 대립과 반발감만 키우게 됩니다.
저 찬물의 커피처럼 말입니다.

10월

"단풍"

가을이 깊어가니 초목마다 단풍이라
울긋불긋 형형색색 오색창연 저 빛깔들
우리네 인생 또한 저 빛처럼 익어가리

여행

10월의 첫 주말인 그제와 어제
태화산을 찾아주신 여섯 분의 카친님을 모시고
김삿갓의 이곳저곳을 여행했습니다.

저희 김삿갓조합에서의 조팝꽃차 덖기,
저희 집에서의 조촐한『태화산 편지』출판 기념 파티,
역사가 스며 있는 모운동과 김삿갓유적지 탐방,
첩첩산중에서 직접 채취한 버섯으로 차린 밥상…….

제 나름대로는
두고두고 떠올릴 이야기거리를
많이 남겨드리기 위해 노력했는데
처음이라 뜻대로 되었는지는 잘 모르겠습니다.

서울대 행복센터 최인철 교수에 의하면
사람들은 주로 먹고, 놀고, 걷고, 말하고, 운동할 때
행복을 느낀다고 합니다.

그리고 그런 요소가 모두 포함된
최고로 행복한 활동이 여행이라고 합니다.

매일 아침 이 편지를 통해
마음을 주고받던 님들과 함께한 김삿갓 여행.
제게는 두고두고 기억될 행복한 시간이었으며
함께해 주신 님들께도 그런 시간이었길 소망합니다.

아울러 더 많은 님들과 함께할 수 있도록
내년에는 더 자주 기회를 만들겠다는
약속의 말씀도 드리겠습니다.

제게 좋은 추억을 남겨주신 여섯 님들.
오시지는 못했지만 마음으로 함께해 주신 모든 님들.
정말 고맙습니다. 잊지 않겠습니다.

기념

마당가 볼펜탑에 여섯 개의 볼펜을 추가했습니다.
지난 주말 이곳 태화산을 찾아주신 님들이
직접 가지고 오신, 다 쓴 볼펜입니다.

끝에 님의 이름을 적어 테이프로 두른 다음,
빠지지 않게 망치로 단단히 박았습니다.
그렇게 여섯 개의 볼펜을 더하고 나니
탑이 한결 더 두텁고 튼튼해 보입니다.

농부작가를 형상화한 볼펜탑.
그것은 저의 상징물인 동시에
이곳을 찾아주신 님들을 기념하고 기억하기 위한

저만의 기념물입니다.

또한 님과 제가 함께 만들어가는 예술품이기도 합니다.

이제 마당을 거닐며 저 볼펜을 볼 때마다

볼펜에 적혀 있는 님의 얼굴이 떠오를 것입니다.

님과 함께한 이곳에서의 추억도 생각날 것입니다.

훗날 다시 이곳을 찾아 주셨을 때

님께도 새로운 정감과 추억을 선사할 것입니다.

그러니 혹여 이곳 태화산에 오시게 되면

다 쓴 볼펜을 가져다 주십시오.

그 위에 님의 이름을 적어 저 탑에 꽂아 주십시오.

오래도록 님을 기억하고 싶고,

님과 더불어 멋진 예술작품 하나 만들고 싶습니다.

꽃과 벌

수확하고 남은 와송에서 피어난 와송꽃입니다.
수백 개의 자그마한 꽃이 송이를 이루고 있습니다.
그 꽃을 쫓아 벌들이 윙윙거리며 날아들고
그 중 한 마리가 내려앉아 꿀을 빨고 있습니다.

꽃과 벌.
자료에 따르면
지구상에서 가장 오래 번성한 동식물입니다.

식물은 꽃을 피우는 속씨식물로 진화한 뒤 번성했고,
벌 또한 그때부터 진화해
지구의 주인으로 오늘날까지 이어져 왔습니다.

꽃과 벌이 그렇게 오랫동안 번성한 것은
바로 상생과 협력 때문이라고 합니다.
벌은 꽃을 통해 꿀을 빨아먹고,
꽃은 벌을 통해 수정을 하는 완벽한 팀워.

그것이 수억 년을 이어온 비결입니다.

아닌게 아니라 서로를 격리하고 차단시키면
꽃도 벌도 얼마 못가 멸종하고 말 것입니다.
벌은 먹을 꿀을 찾지 못해 굶어죽을 것이요,
꽃은 수정을 하지 못해 씨를 맺지 못할 것이니까요.

사람 또한 마찬가지가 아닌가 싶습니다.
제 아무리 잘나고 대단한 사람도
혼자서는 아무 것도 할 수 없습니다.
서로 상생하고 협력해야
자식도 낳고 가문도 계승할 수 있습니다.
일도, 사회활동도 제대로 수행할 수 있습니다.

그러니 상생과 협력은 선택의 문제가 아닙니다.
하지 않으면 안되는 당연의 문제입니다.
상생하지 않으면 존재할 수 없고
협력하지 않으면 도태될 수 밖에 없으니까요.

님과 저 사이 또한

저 꽃과 벌 같으면 좋겠습니다.

님이 필요로 하는 것을 제가 대신 채워 드리고,

제게 부족한 것은 님을 통해 얻을 수 있다면

님도 저도 앞으로 나아갈 수 있지 않겠습니까?

상생과 협력.

입만 열면 떠들어대는 그 말의 참다운 의미와 경험을,

저 꽃과 벌을 통해 배우는 가을 아침입니다.

묘비명

마을에서 강으로 내려가는 길 옆에 있는 묘지입니다.
지난 추석 때 깨끗하게 벌초를 한 덕분인지
산뜻하게 정돈된 묘역이 한눈에 들어왔습니다.

제 시선이 머문 곳은 묘비였습니다.
무덤 앞에 제단을 겸해 만들어 세운 묘비.
그 위에 새겨진 의병 열사라는 네 글자였습니다.
이곳에 잠든 분이 어떤 분인지, 어떤 삶을 살았는지,
미루어 짐작할 수 있었습니다.

호랑이는 죽어서 가죽을 남기고
사람은 죽어서 이름을 남긴다고 했던가요?
멈춰 서서 잠시 저 묘비명을 읽고 있자니

그렇다면 나는? 하는 생각이 듭니다.

훗날 내가 죽고 나서 내 무덤 앞에 묘비를 세운다면
그 위에 어떤 글이 새겨졌으면 좋겠는가?
내 자식과 후손에게 나는 어떤 사람으로 기억되길 원하는가?

그런 생각을 하니
저도 모르게 몸에 소름이 돋습니다.
그렇게 기억될 만큼 열심히 살았는가,
지나온 삶을 뒤돌아보게 됩니다.
부끄럽지 않도록 더 열심히 살아야겠다,
마음을 다잡고 다짐하게 됩니다.

이제부터라도 가슴 속에 묘비 하나 간직하며 살겠습니다.
그 비에 새겨 넣을 글귀에 부끄럽지 않도록
하루하루 최선을 다하겠습니다…….

주인도 모르는 무덤가에 서서
제 가슴 속에 묘비를 세우고 참배를 하는,
시월의 어느 멋진 날입니다.

동문체육대회

영월군 남면 연당초등학교.
40여 년 전 제가 6년 동안 다녔던 모교입니다.
그때 함께 뛰놀았던 동기와 선후배들이
지난 주말 다시 그 운동장에 모였습니다.

"니가 미숙이? 그래 나 상도."
짧게는 몇 년에서 길게는 40년 만에 만나는 친구들.
세월의 무게로 모습은 많이 달라졌어도
이내 서로를 알아보고 손을 맞잡았습니다.

그렇게 만난 친구들과 어울려
공도 차고 술도 한잔 하면서
모처럼 가을의 하루를 만끽했습니다.

솔직히 고백하면
저는 이런 모임에 잘 다니지 않았습니다.
나름대로 하는 일도 많은 데다

떠들썩하게 여럿이 모이는 것을 좋아하지 않는지라
연락을 받아도 그냥 흘려 보냈습니다.

근래 들어 조금 생각이 바뀌었습니다.
나이가 들수록 친구의 소중함을 느끼게 되고,
어릴 때 함께했던 죽마고우야말로
허물없이 만날 수 있는 막역한 친구임을
점점 더 실감하기 때문입니다.

그러니 그때의 친구들과 함께하는 저 자리는
유년의 시절로 돌아가는 추억의 시간이 아니라

앞으로의 삶을 준비하는 미래의 시간입니다.
더없이 중요하고 시급한 노후 준비입니다.

아무 때나 생각이 나면 찾아가
술 한잔 하자고 말할 수 있는 친구.
그런 친구 하나 없으면
노후의 삶이 얼마나 적적하고 쓸쓸하겠습니까?

지난 주말 모교에서의 동문체육대회.
제게는 단순한 추억여행이 아니라
노후의 친구를 만나고 사귀는,
귀하고 뜻깊은 시간이었습니다.

과거

10월은 축제의 계절,
이곳에서도 지난 주말 김삿갓문화제가 열렸습니다.
시낭송 경연대회, 등반대회, MTB대회 등
김삿갓을 기리는 여러 행사가 다채롭게 열렸지만
제 시선이 머문 곳은 과거시험 재현이었습니다.

젊은 천재 김병연이
방랑시인 김삿갓으로 변신하게 된 결정적 계기,
당시 영월에서 열렸던 향시를 재현한 것이었습니다.

한문을 기반으로 한 관계로

응시생 대부분이 나이 지긋한 어르신이라 아쉬웠지만,

재현된 과거는 드라마를 보는 것처럼 흥미로웠습니다.

아울러 오늘날의 국가시험과도 대비가 되었습니다.

잘은 모르지만 조선시대 과거시험은

제시된 주제에 대해 논하는 것이었습니다.

어떤 사안에 대해 어떠한 생각과 의견을 갖고 있고,

그것을 얼마나 설득력 있게 전달하느냐, 하는 것이

사람을 평가하고 등용하는 기준이었습니다.

이에 비해 사시 행시 등 오늘날의 국가시험은

제시된 답들 중에서 정답을 고르는 방식입니다.
공정성을 기하고 변별력을 높인다는 취지를
이해 못하는 것은 아니지만,
그렇게 해서 국가의 동량을 제대로 평가할 수 있을지,
의심이 드는 것 또한 숨길 수 없습니다.

더구나 오늘날과 같은 스마트한 시대에
지식의 많고 적음은 그렇게 중요하지 않습니다.
손가락 하나만 두드리면
우리가 알고 있는 것보다 훨씬 많은 지식이
줄줄 쏟아져 나오니까요.

그러니 중요한 것은 지혜일 것입니다.
그 많은 지식을 어디에 어떻게 활용해
개인은 물론 공동체의 발전에 기여하게 하느냐,
하는 것이 능력의 잣대가 될 것입니다.
그리고 그러한 능력은
4지선다 오지선다의 방식으로는 측정할 수 없습니다.

그래서일까요?
과거시험을 지켜보는 내내
제 머릿속에서는 한 가지 생각이 떠돕니다.

지식보다 지혜에 바탕을 둔 저 과거시험을
오늘날에 맞게 복원해 도입할 수는 없을까…….
그렇게 해야 개천에서 용도 나고 할텐데…….

실현이 불가능한 부질없는 망상인 줄 알지만
그래도 계속 남아 사라지지 않는 것은
음서제를 떠올리게 하는,
오늘날의 교육제도 때문이 아닌가 싶습니다.

시계

밧데리가 다 됐는지 벽시계의 초침이 멎었습니다.
시계 또한 십 년도 넘은 구닥다리라 그런지
시침과 분침도 조금씩 어긋났습니다.

할 수 없이 시계를 뜯었습니다.
건전지를 바꾸고 바늘을 조절해 시간을 맞췄습니다.
그러자 똑탁 똑탁 소리를 내며 다시 움직이는 초침.
시계는 그렇게 제 모습을 되찾았습니다.

다시 벽에 걸기 전,
그동안 쌓인 먼지를 닦아내는데
열두 개의 시간막대가 눈에 들어왔습니다.

낮과 밤 12시간씩 하루 24시간.
저 막대가 알려주는 물리적인 시간입니다.
누구에게나 공평하고 한 치의 어긋남도 없습니다.

하지만 우리가 느끼는 것은 그렇지 않습니다.
화살처럼 빠르기도 하고, 멈춘 것처럼 더디기도 합니다.
열두 개가 모자라 더 늘려 쓰는 사람도 있습니다.
거꾸로 돌아가 머물러 있는 사람도 있습니다.

누구에게나 똑같이 주어지지만
사람에 따라 다 다르게 느끼고 활용하는 것.
그것이 시간입니다.

요즈음 저의 시계는 너무 빠르게 움직입니다.
할 수만 있다면 저 벽시계처럼
건전지를 빼 멈춰 세우고 싶을 정도입니다.

나이가 들어서 그럴 수도 있겠지만,
꼭 그것 때문은 아닐 것입니다.
하고 싶은 것이 많고, 해야 할 것도 많기 때문입니다.

그러니 시간이 흐르는 속도는
욕구와 열정의 크기에 비례하는 것인지도 모릅니다.

님의 경우는 어떻습니까?

지금 님의 시계는

화살처럼 빠르게 돌아가고 있습니까?

아니면 저 벽시계처럼 멈춰 서 있습니까?

실용

TV를 켜면 가장 흔하게 보이는 것이 음식입니다.

전국의 맛집 소개에서 유명세프의 요리 대결까지

별의별 음식과 요리가 다 소개되고 있습니다.

먹방이란 말이 실감이 납니다.

하지만 저는 별 관심이 없습니다.

아무리 화려하고 맛있는 음식이라도

이곳에서는 그저 그림의 떡이기 때문입니다.

재료도 없고 만들지도 못하기 때문입니다.

하지만 저분의 경우는 그렇지 않습니다.

어느 집에나 흔하게 있는 재료를 활용해

누구나 쉽게 할 수 있는 요리를 가르쳐 줍니다.

마음만 먹으면 만들어 먹을 수 있게 말입니다.

요즘 블루칩으로 떠오른 집밥 백 선생, 백종원입니다.

그래서 저도 한번 따라한 적이 있습니다.

만능간장으로 볶음요리를 만드는 것이었는데

조리도 간편하고 맛도 좋았습니다.

그래서 어수리를 비롯해 나물을 볶을 때에는
제 나름대로 그 방법을 활용하고 있습니다.

얼마전 저분에 대한 비난 기사를 읽었습니다.
소위 맛칼럼리스트라는 분이
'싸구려 식재료로 맛을 내는 외식업체 수준'이라며
저분의 요리를 평가절하한 것이었습니다.

전문가가 아니라 저는 잘 모르겠습니다.
다만 한 가지 분명한 것은
그 어떤 유명 셰프의 요리도 보지 않는 제가
저분의 요리는 관심을 갖고 본다는 사실입니다.

실생활에 직접 활용할 수 있는 실용성.
제게 가장 중요한 판단기준은 바로 그것이니까요.

징검다리

김삿갓문학관 옆에 있는 계곡의 돌다리입니다.
계곡의 폭이 얼마 되지 않는 것 같아도
저 바위나 돌이 없으면 건널 수 없습니다.

중간에 하나가 없어도 너무 넓어 건너지 못하고
나는 할 수 있네, 용기를 내 건너 뛰어도
자칫하면 물에 빠지거나 발을 적시기 십상입니다.

발이 짧은 아이도
깨금발을 뛰며 건널 수 있게 해 주는 돌.
중간에 앉아 흐르는 물에 손도 적시고,
요즘같은 가을에는

물 위에 떠가는 단풍잎도 볼 수 있게 해 주는 돌.
그런 저 돌을 우리는 징검다리라 부릅니다.

사람과 사람 사이에도 거리가 있습니다.
서로 알지 못하고 처음 보는 경우는 물론이고
가끔 얼굴을 마주하는 경우에도
다가가 말 한마디 건네기가 쉽지 않습니다.
물에 빠지거나 발을 적실 수 있기 때문입니다.

그러니 사람 사이에도 저런 다리가 필요합니다.
님과 저, 님과 님, 그리고 또다른 님과 님 사이에도
저렇듯 깨금발을 뛰며 건널 수 있는 다리,
그 위에 앉아 흐르는 물에 손도 씻을 수 있는 다리,
비가 많이 내리면 잠시 물 속에 묻혀도
이내 다시 나타나 제 역할을 다하는 다리,
그런 징검다리 하나 있었으면 좋겠습니다.

매일 아침
님과 제가 만나는 이 〈태화산 편지〉가
지난 2년간의 편지를 모아 엮은 『태화산 편지』가
그런 징검다리가 되면 좋겠습니다.

시선

"새로운 것을 보는 게 중요한 게 아니다.
모든 것을 새로운 눈으로 보는 것이 정말 중요하다."
오래전 영월농업기술센터 화장실에서 읽은
알베로니라는 분의 명언입니다.

그분이 누구인지는 잘 모르지만
그 말이 참 마음에 들어
핸드폰을 꺼내 사진을 찍었습니다.

그렇습니다.
중요한 것은 대상이 아닙니다.
대상을 보는 나의 시선입니다.
내가 어떤 눈으로 어떻게 보느냐에 따라
대상은 단지 그렇게 보일 뿐입니다.

지난해까지만 해도 집사람과 자주 다퉜습니다.
사소한 일에도 얼굴을 붉히고 목소리를 높였습니다.

하는 말이나 행동이 마음에 들지 않아
등을 돌리고 말을 하지 않을 때도 있었습니다.

올해부터는 많이 달라졌습니다.
다툴 때도 없진 않지만, 웬만한 것은 참고 넘깁니다.
마음에 들지 않는 말이나 행동을 해도
사람이 달라 그러는 것이려니 이해를 합니다.

해가 바뀌었다고
집사람이나 제가 하루 아침에 달라질 수는 없습니다.
달라진 것은 다만 서로를 보는 서로의 시선일 것입니다.

이 깊은 산중에 우리 둘 밖에 없는데,
하루 24시간 얼굴을 맞대고 살아야 하는데,
웬만하면 서로 이해하고 존중하는 눈으로 보자…….
그렇게 보니 그렇게 보이는 것입니다.

세상 또한 마찬가지가 아닐는지요?
세상이 어찌 하루 아침에 달라지겠습니까?

새로운 것을 보는 것만이 중요한 게 아니다.
모든 것을 새로운 눈으로 보는 것이 정말 중요하다.
-알베로니-

달라질 수 있는 것은 세상을 보는 내 시선일 것입니다.

세상을 바꾸고 싶습니까?
그렇다면 알베로니라는 분의 저 말처럼
세상을 보는 님의 시선을 바꾸십시오.
이전과는 다른 새로운 세상이 펼쳐질 것입니다.

시네마

산중에 살아도 가끔은 영화 생각이 납니다.
오랫동안 공들여 만든 대작이나
사회적으로 이슈가 되는 영화가 개봉되면
마음은 저절로 개봉관으로 향합니다.

하지만 몸은 좀체 움직여지지 않습니다.
영월에는 극장이 없어
영화 한편 보려면 제천까지 가야 하기 때문입니다.
여간해선 엄두가 나지 않습니다.

이제는 상황이 달라졌습니다.

영월 읍내에 어엿한 개봉관이 들어섰습니다.

군민들의 문화생활을 지원하기 위해

영월군에서 투자해 시네마를 건립한 것입니다.

도시와 같은 멀티플렉스 영화관이지만

공익시설로 요금도 절반(5천 원) 밖에 되지 않아

누구나 부담없이 즐길 수 있게 되었습니다.

교육여건, 문화여건의 미비.

농촌으로 돌아가고 싶은 마음이 굴뚝같아도

실행이 어렵다며 내세우는 현실적인 이유입니다.

하지만 귀농 3년차인 제 경험에 의하면
이곳이나 서울이나 별반 차이가 없습니다.

지난 여름 서울 대학로에 있던 대학로극장이
10분 거리의 만종리로 이주해 자리를 잡았고,
영월읍에는 이렇게 번듯한 개봉관까지 들어섰으니
문화의 중심은 못될지언정 변방은 아니지 않습니까?

제 경우만 해도
귀농 후 3년 동안 이곳에서 본 영화나 연극이
서울생활 25년 동안 본 것보다 더 많은데
어떻게 여건이 미비하다는 데 동의할 수 있겠습니까?
그것은 그저 마음이 없다는 평계일 것입니다.

이왕 말이 나왔으니
오늘 저녁에는 오징어 한 마리 구워 들고
저 시네마에 가서 〈사도〉라도 봐야겠습니다.

곶감

제가 가을을 기다리는 이유 중 하나입니다.
먹는 것에 욕심이 없고 군것질도 잘 하지 않지만
한 가지 예외가 있으니 바로 저 곶감입니다.

붉게 익은 저 감을 깎아 베란다에 내어 걸면
태화산의 빛과 바람이 번갈아가며 말립니다.
열흘쯤 지나 겉이 말랑말랑해졌을 때
하나씩 빼 입에 넣고 베어 물면
쫄깃쫄깃한 식감 뒤로 단물이 줄줄 흐르는 달콤함.
생각만 해도 가슴이 뛰고 입에 침이 고입니다.
오죽하면 '곶감 빼 먹듯 한다'는 속담까지 있겠습니까?

지난해는 해걸이를 했는지 시원치 않더니
올해는 가지가 휘어질 정도로 주렁주렁 열렸습니다.
덕분에 집사람이나 저나 손이 부르틀 정도지만
뿌듯하고 흐뭇한 마음 또한 감출 수 없습니다.
지난 주말 열심히 깎아 베란다에 내걸고

일부는 또 감말랭이로 만들었습니다.

지금의 마음으로는
반건시 상태로 말려 냉동실에 보관하면서
겨우내 이곳을 찾는 님들과 더불어 즐길
특별한 간식거리로 생각하고 있습니다.

하지만 마음은 어디까지나 마음일 뿐,
언제 어떻게 동이 날지는 저도 잘 모르겠습니다.
그러니 행여 저 곶감에 침이 넘어가신다면
태화산으로 오시는 발걸음을
재촉해야 할지도 모르겠습니다.

하루에도 몇 번씩 오르내리는 제 발길부터
저도 어떻게 주체할 수 없으니까요.

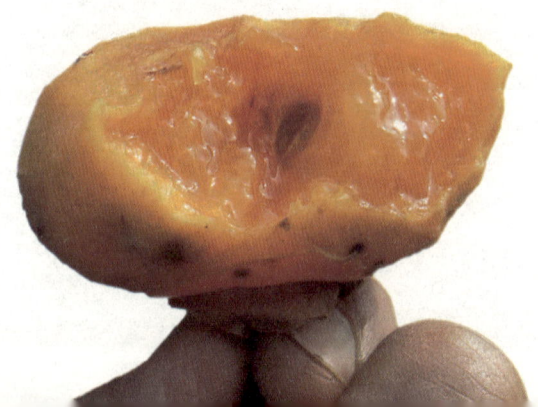

악의 꽃?

이웃마을을 지나가는데 이 꽃이 눈에 띄었습니다.
나팔꽃과 비슷한 형태의 여리고 청초한 꽃.
수줍음 많은 산골 소녀가 연상되었습니다.

하지만 이 꽃의 정체를 알고 나니
몽둥이에 맞은 듯 머리가 멍해졌습니다.
만병의 근원으로 지탄받는 담배,
그 죽음의 연기를 만드는 담배꽃이기 때문입니다.

저렇듯 예쁘고 가냘픈 꽃이
어떻게 악의 화신인 담배가 될 수 있는지,
악도 본디 저런 선함에서 비롯되는 것인지,
본의 아니게 잠시 묵상에 잠겼습니다.

그러고 보면 선과 악은
본디 한뿌리인지도 모르겠습니다.
저렇듯 예쁘고 아름다운 꽃에도
심신을 해치는 독이 배어 있고,
거꾸로 보면 백해무익한 담배에서도
저렇게 청초한 꽃이 피어나니까요.

그런 만큼 본성은 별 의미가 없습니다.
사람이 본디 선하냐 악하냐 하는
성선설 성악설의 논쟁 또한 마찬가집니다.

중요한 것은 본성이 아닙니다.
언제 어디에 어떻게 쓰느냐 하는 용법일 것입니다.
저 담배꽃 또한 방점을 어디에 찍느냐에 따라
악이 될 수도 있고, 꽃이 될 수도 있으니까요.

순서

산중에 살다 보니
직접 음식을 해야 할 때가 많습니다.
집사람이 어디 다니러 가거나 다른 일을 하고 있으면
별 수 없이 앞치마를 두르고 칼을 잡아야 합니다.

그럴 때 가장 쉽게 하는 요리가 김치찌개입니다.
김치에 돼지고기만 썰어 넣고 끓이면
그런대로 먹을 만하니
지겨울 정도로 많이 애용하고 있습니다.

얼마 전 집밥 백 선생이란 TV프로에서
김치찌개 만드는 방법을 소개한 적이 있었습니다.
때마침 김치찌개를 먹고 있는지라 유심히 보니
제가 하는 것과 순서가 달랐습니다.
저는 김치에 돼지고기를 넣고 함께 끓이는데
백 선생은 고기를 먼저 끓인 다음에
김치를 넣고 더 끓이는 것이었습니다.

배웠으면 실행해 보는 것이 학습자의 도리.
다음에 저도 그렇게 순서를 바꿨습니다.
그랬더니 웬걸? 맛이 달랐습니다.
웬만한 음식점에서 먹는 것 못지 않았습니다.

단지 순서 하나 바꿨을 뿐인데,
결과는 크게 달라졌습니다.

흔히들 인생을 가리켜 선택의 연속이라고 합니다.
매 순간 우리는 알게 모르게 선택을 합니다.
지금의 나는 그러한 선택의 결과입니다.

가만히 생각해 보면
매 순간 우리가 어떤 선택을 하느냐도 중요하지만
그에 못지 않게 중요한 것이 순서가 아닌가 싶습니다.
어떤 것을 먼저 하고 어떤 것을 뒤에 하느냐에 따라
그 결과는 엄청나게 달라질 수 있으니까요.
저 김치찌개의 맛처럼 말입니다.

그러니 일을 하더라도
앞뒤를 잘 따져 순서를 제대로 해야 한다는 것.
백 선생의 김치찌개를 끓이며 깨달은
또 하나의 삶의 지혜입니다.

왼손잡이

농사를 짓다 보니 낫질을 할 때가 많습니다.
잡초 제거에서 가지치기에 작물 수확까지
어쩌면 가장 많이 하는 작업인지도 모릅니다.

하지만 그때마다 느끼는 불편함이 있습니다.
낫의 손잡이가 전부 오른쪽으로 되어 있어
왼손으로는 사용하기 힘들다는 것입니다.

지금은 오른손도 웬만큼 쓰지만
본디 왼손잡이인 저는 왼손이 훨씬 편합니다.
하지만 낫질은 오른손으로 할 수밖에 없습니다.
동네 철물점을 다 돌아다녀도,
오일장에 수백 자루의 낫이 더미로 나와도
왼손용 낫은 없기 때문입니다.

따지고 보면 낫뿐이 아닙니다.
호미, 가위, 칼 등 거의 모든 기계나 기구가

다 오른손을 기준으로 되어 있어
왼손잡이는 불편을 감수하거나
오른손으로 쓰는 법을 배울 수밖에 없습니다.

왼손이라는 말 자체가
외다, 즉 그르다는 뜻에서 왔으니
더 말해 무엇하겠습니까?

미국에서는 무엇을 만들든
30%는 왼손용으로 만든다고 합니다.
그것은 이윤이 아니라 배려의 차원일 것입니다.

사회적 소수를 생각하고 배려하는 사회,
나와는 다른 사람을 이해하고 존중하는 사회,
선진사회란 바로 그런 세상이 아닐는지요.

우리도 이제는 선진국이니 경제대국이니 하는데
왼손용 낫, 왼손용 호미 한 자루 찾아보기 힘드니
경제는 몰라도 배려만큼은 아직 멀었다는 생각에
왼손으로 집어든 낫을
슬그머니 오른손으로 옮깁니다.

11월

"곶감"

껍질을 벗겨내어 베란다에 내어걸면
햇빛이 익혀주고 바람이 말려주니
겨우내 주전부리 이만한 게 또 있으랴

그래도

영월읍 삼옥리에 있는 둥글바위입니다.
동강 한가운데 우뚝 서 있는 모습이
하나의 멋진 섬처럼 느껴집니다.
전체가 바위로 된 바위섬 말입니다.

그래서일까요.

어쩌다 근처를 지나게 되면

잠시 차를 멈추고 쳐다보곤 합니다.

해안에 서서 섬을 바라보는 기분으로 말입니다.

그렇게 저 섬(?)을 바라보고 있으면

김승희 님의 시,

「그래도라는 섬이 있다」가 생각납니다.

가장 낮은 곳에

젖은 낙엽보다 더 낮은 곳에

그래도라는 섬이 있다

그래도 살아가는 사람들

그래도 사랑의 불씨를 꺼트리지 않는 사람들……

세상이 힘들고 고달퍼도

삶이 바위처럼 무겁게 어깨를 짓눌러도

그래도, 그래도 희망을 잃지 않고 살아가는 사람들.

그런 사람들이 모여 사는 섬 그래도.

저도 가끔 그 섬에 가서 힘을 얻곤 합니다.

님께서도 사는 게 힘겹고 버거워지면

주저하지 마시고 '그래도'로 오십시오.

시의 마지막 구절처럼

'세상에서 가장 아름다운 섬' 그래도에서

님의 손을 맞잡고 '빛의 뗏목' 위로 오르고 싶습니다.

그래도라는 섬에서

그래도 부둥켜안고

그래도 손만 놓지 않는다면

언젠가 강을 다 건너 빛의 뗏목에 올라서리라.

어디엔가 걱정 근심 다 내려놓은 평화로운

그래도, 거기서 만날 수 있으리라.

자연과학?

밭 주변 언덕배기에서 수확한 쥐눈이콩입니다.
겨울에 콩나물이나 길러 먹자며
집사람이 아무렇게나 심어놓은 것인데
풀더미 속에서도 꽤 많은(?) 결실을 맺었습니다.

바람이 제법 거세게 불던 며칠 전,
타작한 콩을 바람에 까불렀습니다.
한 바가지 떠서 아래로 조금씩 쏟으면
가벼운 쭉정이는 바람에 날려 멀리 날아가고
무거운 알곡은 바로 아래에 떨어지는,
단순한 원리를 이용한 것이었습니다.

하지만 지극히 원시적인 이 방법에도
중력의 법칙이란 과학적 원리가 깃들어 있습니다.
뉴튼의 머리 위로 떨어졌다는
만유인력의 사과 같은 원리 말입니다.

그러고 보면 과학이란 것도 별 게 아닙니다.
우리 주변에서 흔하게 일어나는 일.
그것을 좀 더 깊이 파고들어
체계적이고 합리적으로 정리하면
그것이 곧 과학이요 법칙이 아니겠습니까?

그러니 제가 하고 있는 저 일이
원시적이라고 비웃지 마십시오.
할일 참 없다, 조롱하지도 마십시오.
저는 지금 콩 몇 되 까부르는 것이 아니라
중력의 법칙이란 자연과학을
실험하고 실증하고 있는 것이니까요.

또 모르지 않습니까?
저렇게 하다가
아무도 모르는 중력의 새로운 법칙을 발견할지도…….

전염

자고 일어나니 코가 뻑뻑하고 콧물이 납니다.
엊저녁에 만난 친구가 감기에 걸려 있었는데
함께 있는 사이 전염이 된 모양입니다.

그저 콧물 조금 흐르는 정도지만
환절기인만큼 조심은 해야 될 것 같아
코감기에 좋다는 대추를 넣고 차를 끓였습니다.

팔팔 끓은 대추차를 컵에 따라 입으로 가져가니
모락모락 피어오르는 김이 콧속으로 스며들었습니다.
촉촉하고 따스한 기운에 은은한 향까지 배어들자
뻑뻑하던 콧속이 뻥 뚫리는 것 같습니다.

전염 하면 우리는 대부분 부정적인 의미를 떠올립니다.
멜리스 같은 전염병의 영향 때문일 것입니다.
하지만 꼭 그런 것은 아닙니다.
긍정적인 전염 또한 많고,

전염병 못지 않게 영향을 미칩니다.

서울대 최인철 교수의 연구에 의하면
행복도 전염이 된다고 합니다.
내가 행복하면 내 친구가 행복할 확율이 30%
내 친구의 친구가 행복할 확율이 10%
내 친구의 친구의 친구가 행복할 확율이 6%
증가한다고 합니다.
1단계를 넘어 2단계 3단계까지 영향을 미치는
가장 강력한 전염 바이러스가 바로 행복이랍니다.

그러니 저나 님이나 일부러라도 행복해야 합니다.
제가 행복해야 그 행복이 님께 전염이 되고
님이 행복해야 또 제게 전염될 것이니까요.
저의 행복이 곧 님의 행복이요,
님의 행복이 곧 저의 행복일 것이니까요.

비정상의 정상화?

가을걷이도 이제 막바지에 이르렀습니다.
낟알은 물론 과수와 밭작물도 대부분 수확을 마쳤고,
들에는 기껏해야 쌓아놓은 콩단 정도 남아 있습니다.
그렇게 올 한 해의 농사도 끝나가고 있습니다.

몇십 년 주기로 온다는 극심한 가뭄의 한해였지만
용케 이겨내고 마을마다 풍년을 이루었습니다.
그러니 사방에서 풍악을 울릴 만도 하건만
들려오는 것은 오히려 긴 한숨입니다.
공급량이 늘어 가격이 떨어졌기 때문입니다.

한 톨이라도 더 얻기 위해 일 년 내내 땀을 흘리는데
그렇게 해서 풍년을 이루고 나면 값이 폭락해
오히려 흉년이 든 것만 못하게 되는 아이러니.

그런 현상이 매년 반복되다 보니
이제는 풍년이란 말이

흉년보다 더 끔찍한 저주의 말이 되고 있습니다.
세상에 이런 비정상이 또 어디에 있겠습니까?

비정상을 정상화하겠다,
몇 년 전부터 귀가 따가울 정도로 들었습니다.
지금도 TV만 켜면 나오는 말입니다.

하지만 세상은 오히려
비정상이 정상이고, 정상이 비정상일 정도로
가치의 전도가 갈수록 심화되고 있습니다.

오늘은 제20회 농업인의 날입니다.
하지만 다들 빼빼로데이로 기억합니다.

국민 생명을 책임지는 농민들의 기념일이
젓가락 같은 과자 부스러기만도 못합니다.
그런데도 또 어느 한쪽에서는
생명산업이다, 미래산업이다 열변을 토하겠지요.
이 또한 비정상의 세상에서는
지극히 당연한 정상인지도 모르겠습니다.

그래도 밭은 갈아야 하고
마늘씨라도 넣어야 하기에,
모래알 같은 밥 한 술 입에 떠 넣고
묵묵히 일어나 밭으로 향합니다.
그것이 농민들의 삶이요 운명이니까요.

주춧돌

금강정이라고 영월 읍내에 있는 정자입니다.

동강이 내려다보이는 언덕 위에 자리한 건물로

조선 세종 때 건립되었다고 합니다.

우리의 전통건물이 다 그렇듯

이 금강정 또한 기둥이 돋보입니다.

20여 개의 저 아름드리 기둥이
건물의 균형을 잡고 지붕을 떠받치고 있습니다.

하지만 제 시선은 주춧돌로 향했습니다.
기둥이 균형을 잡고 제 역할을 할 수 있는 것은
그 아래 주춧돌 덕분이라는 생각에서였습니다.
눈에 잘 띄지도 않는 밑바닥에서
기둥의 무게를 온몸으로 견뎌내는 주춧돌.
어쩌면 저 주춧돌이야말로

건물을 유지하는 숨은 공신이 아닌가 싶습니다.

사람 중에도 그런 사람이 있습니다.
기둥처럼 화려하고 눈에 띄지는 않지만
보이지 않는 곳에서 묵묵히 제 역할을 다하는
저 주춧돌 같은 사람 말입니다.
그런 사람들이 있기에
세상은 그래도 살 만한 곳이 아닌가 싶습니다.

오늘이 수능시험일이라지요.
60만이 넘는 아이들이 순위를 다투는 무한경쟁.
노력한 만큼 좋은 결과가 있기를 기원하면서
저는 이 말을 함께 전해 주고 싶습니다.

집은 기둥만으로 지을 수 없다,
서까래도 있어야 하고, 저 주춧돌도 있어야 한다,
그 또한 기둥 못지 않게 중요하다…….
수능은 인생의 성패를 결정하는 것이 아니라
그 쓰임을 알아보는 과정일 뿐이다…….

쓰리쿠션

지난 주말 원주고 반창회 모임에 나갔습니다.
모처럼 시간을 내 시내로 나간 김에
친구들과 어울려 잠시 당구장에도 들렀습니다.

대학시절 당구장에서 아르바이트를 한 덕에
그래도 보통인 150 정도는 쳤는데
시간이 너무 많이 흐른 뒤라 그런지
생각처럼 공이 잘 맞지 않았습니다.
그래도 쿠션이니 가라꾸니 해 가며
모처럼 그때의 친구들과 그 기분을 즐겼습니다.

당구를 칠 때면 느끼는 것이 있습니다.
하수와 고수는 보는 눈이 다르다는 것입니다.

저 같은 하수는 직접 맞추는 데 연연합니다.
어떻게든 하나라도 맞추는 데 정신이 팔려
다른 것은 생각하지도 못합니다.

반면에 고수는 벽(쿠션)을 이용합니다.
이렇게 치면 공이 어떻게 서겠다를 생각하고,
이 벽 저 벽을 이용해 쿠션으로 공을 맞힙니다.
심지어 몇 바퀴 돌려 맞히는 경우도 있습니다.

그런 쿠션당구를 볼 때마다
어쩌면 우리네 인생도
당구와 많이 닮았다는 생각을 하게 됩니다.

지금 내가 하고 있는 이 일이
당장은 어떤 결과가 나타나지 않더라도
돌고돌아 언젠가는 내게 영향을 미치는 것이
저 쿠션당구와 같다고 말입니다.

생각해 보면 정말 그렇습니다.
지금의 나는 젊어서 내가 한 공부와 일의 결과요,
지금 내가 하는 공부와 일이
또 몇 년 후의 나를 만들 것이니까요.

그러니 너무 눈앞의 일에만 급급하면

당구처럼 인생에서도 하수가 된다는 것.

인생의 고수가 되기 위해서는

쓰리쿠션처럼 몇 년 앞을 내다봐야 한다는 것.

당구 하수가 깨달은 인생 고수의 지혜입니다.

김장

지난 토요일 김장을 담갔습니다.
누이네가 배추농사를 짓고 절임배추도 하는지라
몸만 가서 어울려 함께 담궜습니다.

간수를 뺀 천일염에 푹 절인 배추를
산에서 끌어온 물에 깨끗히 씻은 다음
열댓 가지 재료를 섞어 만든 양념으로 버무리자
보기만 해도 군침이 도는 배추김치가 완성되었습니다.

제가 좀 이성적이고 자제력이 있다 한들
저 붉은 김장김치의 유혹을 어찌 견디겠습니까?
양념이 듬뿍 버무려진 노란 꼬갱이를 쭈욱 찢어
그 위에 푹 삶은 돼지고기를 얹었습니다.

그것을 한 입 가득 입에 넣고 우물우물 씹으니
입안 가득 번지는 매콤하고 담백하고 알싸한 맛.
거기에 막걸리까지 한잔 곁들이니

세상만사 부러울 것이 없습니다.

틈틈이 땔감도 준비한 데다
쌀 한 가마 들여 놓고 이렇게 김장까지 담갔으니
태화산의 월동준비도 마무리가 되었습니다.

그러니 산중의 겨울이 제 아무리 춥고 매섭다 해도
이제는 걱정이 되지 않습니다.
방을 덥힐 땔감이 있고, 배를 불릴 양식이 있으니
이만 하면 됐지, 더 무엇을 걱정하겠습니까.

저는 그런데 님은 어떻습니까?

겨울이 코앞으로 다가왔는데

님의 월동준비는 어떻게 되고 있습니까?

승자의 역사?

이곳 태화산 서쪽 해발 600미터 고지에는
홍교마을이라고 꽤 큰(?) 산간마을이 있고,
그 가운데 지금은 폐교가 된 홍교분교가 있습니다.

어디선가 그곳이 오래 전
세달사가 있던 자리란 얘기를 들었습니다.
신라 말 궁에서 쫓겨난 궁예가 기거하며
새로운 세상을 꿈꾸던 유서 깊은 사찰 말입니다.
인터넷을 찾아보니 사실이었습니다.

근처를 지나던 길에 일부러 찾아보았습니다.
하지만 인적도 드문 산간오지의 캠핑장일 뿐
그런 역사의 흔적은 어디에도 없었습니다.

그래도 난세의 영웅이 꿈을 키우던 곳인데…….
웬지 모를 아쉬움에 발걸음이 무거웠지만
이내 고개를 끄덕일 수 밖에 없었습니다.

궁예는 결국 부하에게 살해된 패자였고,
역사는 그를 죽이고 일어선 왕건에 의한 기록임을
다시금 깨달았기 때문이었습니다.

왕이 곧 국가인 절대군주시대.
승리한 왕의 하극상은
구국의 결단으로 합리화되어야 했으니
그 대상인 궁예를 미치광이로 몰아부치고
그런 그의 흔적을 지우는 것은
어쩌면 당연한 수순인지도 모르겠습니다.

그러니 지금 우리가 배우고 있는 고려의 역사는
진실과는 다른 승자의 역사인지도 모릅니다.

역사교과서 국정화 문제로 온 나라가 들끓고 있습니다.
권력을 쥐고 있는 승자가 주도하는 역사 교과서 개정.
지금 이곳의 1100년 전 역사처럼
승자에 의한 승자의 역사를 만들려는 것은 아닌지,
불안하고 우려스러운 마음 감출 수 없습니다.

방하착放下着

가을은 소리없이 깊어졌습니다.

산야를 붉게 물들였던 단풍도 색이 바래지면서

하나둘 낙엽이 되어 흩날리고 있습니다.

길을 달리고 있는데 세찬 바람이 불었습니다.

꽃가루처럼 우수수 낙엽이 되어 흩날리는 잎들.

가만히 그 모습을 보고 있으니

방하착放下着이라는 불교용어가 생각이 납니다.

'집착하는 마음을 내려놓는다'는 뜻입니다.

나무인들 잎을 떨구고 싶겠습니까?

멋지고 아름다운 잎인데 간직하고 싶지 않겠습니까?

하지만 한겨울의 추위에 대처하기 위해

모든 걸 내려놓고 스스로 잎을 떨구는 나무.

저 나무야말로 방하착의 표상이 아닌가 싶습니다.

겨울은 사람에게도 똑같이 다가옵니다.

그러니 우리 또한 방하착을 실천해야 합니다.

내 마음 속에 자리한 온갖 탐욕과 집착을

홀가분하게 벗어 던져야 겨울을 날 수 있습니다.

젊었을 때는 그것을 이해하지 못했습니다.

하나라도 더 붙잡고 움켜쥐어야 마음이 편했습니다.

내려놓으면 큰일이라도 나는 것처럼 생각되어

없는 것이나마 꽉 움켜쥐고 놓지 않았습니다.

이제야 조금은 알 것 같습니다.
하나씩 내려놓을 때마다
마음의 짐이 가벼워진다는 것을,
산다는 것은 채우는 것이 아니라
비우는 과정이라는 것을 말입니다.

그래도 사람인지라 막상 실천하기가 쉽지 않습니다.
그런 제게 저 낙엽이 반면교사가 되고 있습니다.
내려놓아라, 손을 펴라, 비워라…….
흩날리는 낙엽 소리가 제게는 그렇게 들립니다.

저 낙엽처럼
마음의 탐진치貪瞋癡를 내려놓는 방하착.
이 가을 제가 실천해야 할 삶의 기술입니다.

화음

기타를 배우기 시작한 지 1년여,
이제는 코드도 웬만큼 손에 익고
쉬운 곡은 연주도 가능해졌습니다.

솔직히 고백하면
처음에는 소리도 제대로 구분하지 못했습니다.
1번줄이나 2번줄이나 그 소리가 그 소리였고,
코드잡고 치는 소리는 더더구나 구분이 어려웠습니다.

그래도 손 닿는 곳에 놓아 두고
시간이 날 때마다 두드리다 보니
이제는 각 음의 음가를 알게 되었고,
코드로 치는 소리도 구분이 가능해졌습니다.
더불어 화음이 어떤 것인지도 알게 되었습니다.

두 개 이상의 줄이 함께 튕겨져 나오는 화음.
처음에는 합해진 하나의 소리로 들렸습니다.

하지만 이제는 아닙니다.
각각의 소리가 다 들립니다.
두 줄을 치면 두 줄의 소리를
여섯 줄을 치면 여섯 줄의 소리를
다 들을 수 있습니다.

합해진 하나의 소리가 아니라
각각의 소리가 함께 조화를 이루는 것.
1년여의 연습 끝에 터득한 화음의 실체입니다.

사람 사이의 화합이란 것도
저 화음과 같은 것이 아닌가 싶습니다.

서로 소통하고 화합한다는 것은
둘을 합쳐 하나로 만드는 것이 아닙니다.
각각의 둘이 함께 어우러지는 것입니다.
상대를 내편으로 만드는 것이 아니라
나와 다른 상대와 손잡고 함께 서는 것입니다.

다들 입만 열면 소통과 화합을 외치지만

세상은 점점 더 불통과 단절로 치닫고 있습니다.
상대를 인정하고 함께 서려는 것이 아니라
굴복시켜 나와 같이 만들려 하기 때문입니다.

그런 세상에
화합의 참다운 의미를 일깨워주는
아름다운 화음 소리를 듣고 싶어
저는 오늘도 기타를 잡고 줄을 튕깁니다.
아직은 많이 서툴고 어설프지만 말입니다.

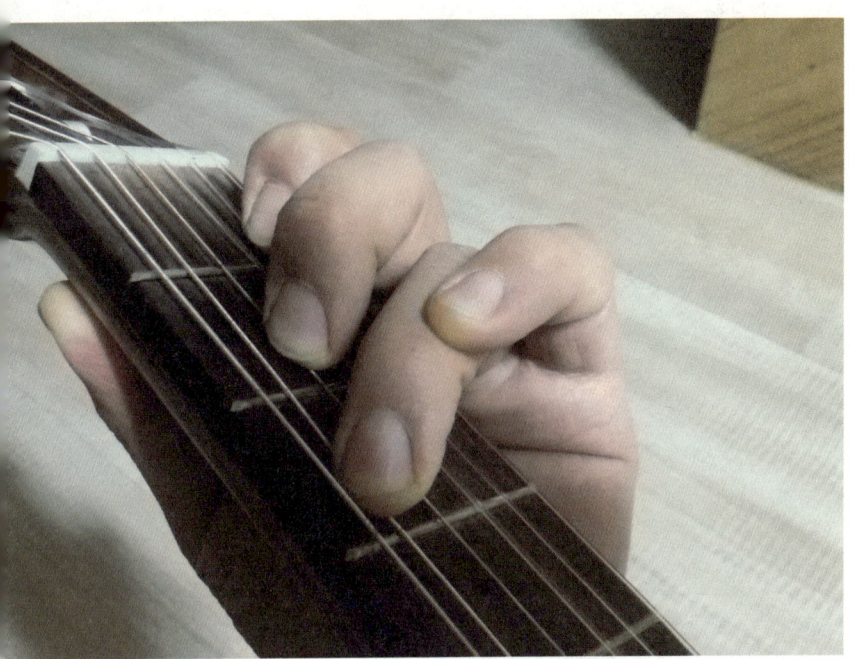

복토覆土

며칠 전 어수리 씨앗을 파종했습니다.

다랑이밭에 두둑을 일궈 비닐을 씌우고

물고기 비늘처럼 얇고 작은 씨앗을

구멍마다 너댓 개씩 뿌렸습니다.

그런 다음 흙을 떠다 일일이 다 덮어 주었습니다.

오랜만에 하는 밭일이라 그런지
허리도 아프고 이마에는 땀도 흘렸지만
내년 봄 돋아나올 새싹을 생각하니
그다지 힘들다는 생각은 들지 않았습니다.

그렇게 하나 하나 파종해 나가는 동안
자연스레 깨달은 사실이 있습니다.
저 씨앗이 싹을 틔우기 위해서는
흙에 덮혀 어둠을 견뎌야 한다는 사실 말입니다.

그렇습니다.
씨앗이 싹을 틔우기 위해서는
흙에 덮여 땅속으로 들어가야 합니다.
춥고 캄캄한 땅 속에서 인고의 시간을 보내야
비로소 뿌리를 내리고 싹을 틔울 수 있습니다.

생각해보면 사람 또한 다르지 않습니다.
자고 일어나니 스타가 되었다는 사람도 있지만
그 또한 알고 보면 그렇지 않습니다.
눈물과 땀으로 지샌 어둠의 시간이 있었기에

그런 기회 또한 잡을 수 있었을 것입니다.
그러니 세상에 공짜는 없습니다.

겨울이 다가오고 있습니다.
산중의 겨울은 더 춥고 어둡습니다.
하지만 제게 있어 겨울은
고통의 시간도, 동면의 시간도 아닙니다.
새로운 나를 준비하는 잉태의 시간이요,
또다른 봄을 출산하는 진통의 과정입니다.

저 씨앗에게 있어
겨울이 그러하듯이 말입니다.

과정

저희집 뒤에 있는 주거용 컨테이너입니다.
주인은 경기도 시흥에 사시는 서모 형님입니다.
십몇 년 전에 인연이 되어 땅을 구입해 놓고
주말마다 내려와 텃밭 정도 가꾸고 있습니다.

경기도 시흥에서 내려와 가꾸는 주말농장.
처음에는 도무지 이해가 되지 않았습니다.
오가는 경로를 알고 나니 더더욱 그러했습니다.

형님은 시력이 좋지 않아 운전을 못합니다.
오고갈 때 대중교통을 이용할 수밖에 없습니다.
시흥에서 전철로 청량리역까지 와서 기차를 탑니다.
2시간반 정도 걸려 영월역에 도착하면
시내버스를 기다려 타고 아랫마을까지 옵니다.
거기서부터 1km가 넘는 산길을 걸어서 올라옵니다.

그러니 토요일 아침에 일찍 출발해도

이곳에 도착하면 늦은 오후가 됩니다.

그때부터 일요일 아침까지 기껏해야 너댓 시간 일하고,

정오쯤 같은 방식으로 다시 시흥으로 올라갑니다.

고작 너댓 시간 일하기 위해

그보다 몇 배나 많은 시간을 허비하는 것입니다.

처음 그 얘기를 들었을 때는 헛웃음이 나왔습니다.

정신이 어떻게 된 분이 아닌가,

다시 쳐다보기도 했습니다.

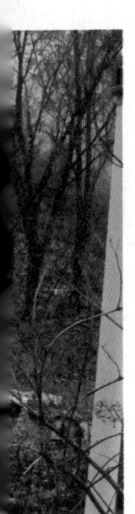

하지만 지금은 이해가 됩니다.

형님은 이곳에 와서 텃밭을 일구는 것뿐 아니라

오고가는 그 과정까지 즐기는 것입니다.

기차를 타고, 버스를 기다리는 그 과정 또한

형님에게는 또다른 낙이요 즐거움인 것입니다.

그러니 이렇게 먼 주말농장을

십 년이 넘도록 운영할 수 있는 것 아니겠습니까?

어쩌면 우리 인생도 그런 것이 아닌가 싶습니다.

목적지를 향해 앞만 보고 내달리는 경주가 아니라

새소리도 듣고 주변의 경치도 관람하면서,

걷는 것 자체를 즐기는 산책 같은 것 말입니다.

그러니 언제까지 무엇이 되겠다, 얼마를 벌겠다,

너무 그렇게 아둥바둥할 필요 없습니다.

미래를 위해 현재를 희생하는 것,

그 또한 그렇게 바람직한 일은 아닌 것 같습니다.

열심히 일하며 사는 지금 이 순간 또한

그 자체가 생의 낙이요 즐거움일 수 있으니까요.

저 컨테이너 주인이 가르쳐 준 삶의 지혜입니다.

이름

이곳 김삿갓면의 경계마다 세워진 김삿갓 형상입니다.

자연과 풍류의 고장임을 알리는 상징물이기도 합니다.

덕분에 인구 1천 7백 명의 작은 면임에도 불구하고

김삿갓면은 전국적으로 꽤 많이 알려졌습니다.

김삿갓면의 원래 이름은 하동면이었습니다.
전국의 다른 많은 지역이 그렇듯
영월관내 면 이름 또한 방향에 따른 것이 많습니다.

동면 서면 남면 북면 등으로 나뉘어져 있는데
동면은 지역이 넓어 상·중·하동으로 더 나누었습니다.
이곳은 동쪽에서도 아래라 하여 하동이었습니다.

6년 전 지금의 박선규 군수 체제가 출범한 이후
주민들의 의결을 거쳐 두 면의 이름을 바꿨습니다.
방랑시인 김삿갓의 생가와 유적지가 있는
이곳 하동면을 김삿갓면으로,
한반도 지형의 선암마을이 있는 서면을
한반도면으로 개칭한 것이었습니다.

단지 이름 하나 바꿨을 뿐이지만
그로 인해 많은 것이 달라졌습니다.
지역 특성을 반영한 차별화된 이름으로 인해
두 면은 국민들에게 새롭게 인식되었고,

많은 방문객이 찾아오는 관광명소가 되었습니다.

모르긴 해도 예전의 명칭을 그대로 사용했다면
지금과 같은 결과는 없었을 것입니다.
이름, 전문용어로 브랜드의 힘을 보여준
모범사례가 아닐 수 없습니다.

사람의 이름 또한 마찬가지가 아닐는지요.
나의 특성을 함축해 표현하면서도
부르기 쉽고 기억하기도 편한 이름.
이왕이면 그런 이름이 좋지 않겠습니까?

그래서 저는 SNS에서 사용하는
저의 닉네임을 농부작가라 지었습니다.
제 나름으로는 김삿갓면만큼 괜찮은 이름 같은데
님이 보시기에는 어떤지 모르겠습니다.

저는 그런데 님은 어떻습니까?
님의 닉네임은 얼마나 님을 잘 나타내고 있습니까?
얼마나 부르기 쉽고 기억하기 편한 이름입니까?

밥

또다시 한 그릇의 밥과 마주했습니다.

하루에 세 번씩 꼬박꼬박 마주하는 저 밥이지만

오늘은 쉽게 수저를 들 수가 없습니다.

저 위로 겹쳐지는 작금의 현실 때문입니다.

한 그릇의 밥값이
라면보다 못한 것을 넘어
이제는 개 사료보다도 못하다고 합니다.

한끼라도 먹지 않으면 안 되는 저 생명의 밥이
그토록 참담한 취급을 받는 이 비정상의 세상.

그것을 조금이라도 바꿔 달라고,
광화문에 올라가 소리 높여 외쳤던 노 농부는
경찰의 물대포를 맞아 사경을 헤매고 있고…….

그런데도 세상은 눈 하나 깜빡하지 않은 채
오히려 그들을 폭도로 몰아가고 있으니…….
세상과 동떨어진 산중이라 해도
저 밥을 대하는 마음이 편치가 않습니다.

그래도 어쩔 수 없이 숟가락을 집어듭니다.
개사료보다 못한 취급을 받아도,
모래알을 씹는 것처럼 푸석푸석해도
억지로라도 몇 숟가락 떠 구겨 넣습니다.

그렇지 않으면 살 수가 없으니까요.

님께서도 동의하실지 모르겠지만
밥은 경제의 문제가 아닙니다.
생존의 문제입니다.
시위를 하는 농민도, 시위를 막는 경찰도
저 밥이 없으면 생존할 수 없습니다.

만에 하나 더는 못 짓겠다 싶어
농민 모두가 쌀농사를 포기해 버린다면……
생각하기도 끔찍한 사태가 벌어질 것입니다.

"있을 때 잘해, 후회하지 말고!"
어쩌다 노래방에 가면 부르는 오승근의 노래.
오늘은 이 답답한 세상에 들려주고 싶습니다.

수레바퀴

아궁이에 땔 땔감을 나르던 중이었습니다.
수레가 균형을 잃고 한쪽으로 쏠렸습니다.
세워 놓고 보니 오른쪽 바퀴가 푹 내려앉았습니다.
어디에선가 바람이 새는 것 같았습니다.

그래도 실은 것은 옮겨야겠기에
다시 손잡이를 잡고 힘껏 끌어당겼습니다.
하지만 한쪽이 내려앉아 균형이 무너진 수레는
원을 그리듯 그 자리에서 맴돌 뿐
아무리 잡아당겨도 앞으로 나오질 않았습니다.
하는 수 없이 손으로 들어서 날랐습니다.

때 아니게 땀을 흘리면서 새삼 깨달은 것이 있습니다.
수레는 두 개의 바퀴가 균형을 이뤄야
제대로 굴러간다는 사실입니다.
저 수레처럼 한쪽이 조금만 내려앉아도
그 자리에서 맴돌 뿐 앞으로 나아가질 못합니다.

크기가 작거나 빠져버리면
수레 또한 기우뚱거리다 넘어지고 말 것입니다.

생각해 보면 우리네 삶도 세상도 마찬가집니다.
두 개의 축이 서로 조화를 이루고 균형을 맞춰야 합니다.
몸과 마음이 그렇고, 일과 휴식이 그렇습니다.
보수와 진보 또한 마찬가집니다.

서로 대립이 되고 때로는 다투기도 하니
한쪽으로 쏠리면 더 나을 것 같지만 그렇지 않습니다.
그렇게 되면 저 수레처럼 앞으로 나아가질 못합니다.
아무리 잡아당겨도 그 자리에서 맴을 돌 뿐입니다.
정체되고 퇴보할 뿐 발전이란 있을 수 없습니다.

그러니 한쪽에 치우쳐
다른 한쪽을 소홀히 하지 않는 것.
다른 한쪽이 부족하고 성에 차지 않더라도
그 또한 나와 세상을 받치는 한쪽 바퀴임을 인정하고
서로 조화와 균형을 이뤄 나가는 것.
그것이 삶의 성숙이요 사회의 발전이 아닐는지요.

저 바람 빠진 수레바퀴가
제게, 그리고 오늘의 우리 사회에 던져 주는
귀한 교훈이 아닌가 싶습니다.

12월

"산죽차"

밖에서는 소복소복 함박눈이 쏟아지고
안에서는 타닥타닥 장작불이 타오르니
산죽차 사이에 두고 산중한담 어떠신가

엘리베이터

지난 주말 고교 동기 송년 모임에 다녀왔습니다.
한적한 산중에서 생활하다 모처럼 시내에 나가니
건물도 도로도 어색하고 불편했습니다.
아닌게 아니라 이제는 촌놈이 다 된 것 같습니다.

건물에 들어서서 엘리베이터를 탔습니다.
밖이 훤히 보이는 외벽쪽 엘리베이터였습니다.
시선을 바깥으로 돌렸습니다.
올라갈수록 보이는 것이 달라졌습니다.
처음에는 건물 벽 밖에 보이지 않더니
점점 주변의 모습이 한눈에 들어왔습니다.
평면의 세계에서 입체의 세계로 온 것 같았습니다.

문득 언젠가 읽은 『플랫랜드』가 생각났습니다.
2차원의 정사각형이 3차원의 공간을 경험하며
새로운 세상에 눈을 뜬다는, 그런 내용이었습니다.

엘리베이터를 타고 보니 새삼 그 말이 실감이 납니다.
점의 세상에서는 면을 볼 수 없듯이
면의 세상에서는 공간이 있는 구를 볼 수 없습니다.
어쩌다 한번 본다 해도 신비요 불가사의일 뿐입니다.

3차원의 세상에서는 일상적인 일이
2차원의 세상에서는 기적으로 보이는 것.

차원이 다르다는 것은 바로 그런 것이 아닌가 싶습니다.

세상의 기원에 관한 초끈이론에 의하면
우주는 10차원으로 되어 있다고 합니다.
그러니 공간을 넘어서는 4차원, 5차원의 세상이
실제로 존재하고 있는지도 모릅니다.
그렇다해도 3차원을 사는 우리들 눈에는
보이지도 않고, 볼 수도 없겠지요.

그러니 눈에 보이는 것이 전부가 아니요,
내가 보는 것 또한 세상의 극히 일부분이라는 사실.
저 엘리베이터를 타고
2차원과 3차원의 세상을 들락거리며 깨달은
삶의 철학입니다.

내리막길

이곳 태화산 주변에는 크고 작은 고개가 많습니다.
활고개, 밤고개, 내리재, 배틀재…….
가까운 읍내에 나가려 해도
최소한 고개 하나는 넘어야 합니다.

걸을 때는 물론이고 자동차를 이용할 때도
고개를 오를 때와 내려갈 때는 차이가 많습니다.

오를 때는 여간해서 속도가 나지 않습니다.
엑셀레이터를 밟아도 차가 잘 나가지 않습니다.
거북이처럼 느릿느릿 커브길을 돌다 보면
답답하기도 하고 짜증이 나기도 합니다.

고개를 넘어 내리막길로 접어들면 상황이 달라집니다.
가만히 있어도 가속도가 붙어 속력이 빨라집니다.
수시로 브레이크를 밟아도 그때뿐입니다.
모르긴 해도 오를 때보다 두 배는 빠를 것 같습니다.

우리네 인생길도 고개와 닮았습니다.
오를 때는 힘이 들고 속도도 나지 않지만
내리막길로 들어서면
가만히 있어도 가속도가 붙습니다.
자동차는 그래도 브레이크가 있지만
인생의 내리막에는 그런 것도 없습니다.

어느새 12월,
또 한 해가 끝자락에 다다랐습니다.
반백을 넘어 저 도로처럼 내리막길이다 보니
어찌어찌 하는 사이 후딱 지나가 버렸습니다.
이제는 정말 세월처럼 빠른 게 없는 것 같습니다.

그러니 굳이 날을 세고 달을 따질 필요 없습니다.
그래 봐야 아쉬움과 한탄만 더할 뿐이니까요.

어제는 이미 지나갔고,
내리막이라 해도 내일이 오늘로 오지는 않습니다.
그러니 달도 해도 잊고 그저 오늘에 충실하는 것.

인생의 내리막길을 사는

현명한 지혜가 아닌가 싶습니다.

낭만과 현실

이곳 태화산에도 함박눈이 내렸습니다.

온 하늘을 하얗게 뒤덮고 펑펑 쏟아지는 함박눈.

태화산은 이내 겨울왕국의 한 장면으로 변했습니다.

눈은 사람을 어리게 만든다 했던가요?

제 마음 또한 눈발을 따라 하염없이 흩날렸습니다.
이리저리 눈길을 헤치고 다니며
열심히 카메라의 셔터를 눌러댔습니다.

하지만 내리는 눈이 길까지 두텁게 메우자
마음은 이내 걱정으로 바뀌었습니다.
큰길까지 내려가는 8백여 미터의 산길.
그 긴 길의 눈을 치워야 한다는 현실이
겨울왕국의 설레임보다 더 크게 다가왔습니다.

내일은 조합에 나가 청국장을 만들어야 하는데…….
눈속에 갇혀 오도가도 못할 수 있다는 생각이 들자
마음은 더 급해졌습니다.
'이제 고만 좀 와라, 마이 왔다 아이가!'
설레임의 함박눈은
어느 새 원망의 대상이 되어 버렸습니다.

낭만과 현실 사이.
아침에 눈을 뜨자마자 밖을 내다보니
그 사이의 거리가 확연히 느껴졌습니다.

오후에는 나가야 하는데
오전에 저 많은 눈을 치우고 길을 낼 수 있을지…….
겨울왕국의 설경은 온데간데 없어지고
마음은 온통 그 생각뿐입니다.

다만 하나 바라는 것이 있다면
아침부터 햇볕이 쨍쨍 내리쬐는 것입니다.
그렇게만 된다면 눈은 스스로 길을 열 것이고,

낭만과 현실 사이의 거리도 줄어들어

저 또한 첫눈의 설레임을 그대로 간직할 수 있을 것입니다.

어떻습니까?

님께서도 함께 빌어 주시지 않겠습니까?

장미가시?

어느 담 밑에서 본 넝쿨장미 나무입니다.
추운 날씨에 꽃은 물론 잎까지 다 떨구고
가시 투성이의 가지를 그대로 드러냈습니다.

꽃은 길어야 한 달 남짓이지만
저 가지는 일년 내내 저 모습 그대로이니
장미의 본질은 꽃이 아니라
가시 투성이의 저 가지가 아닌가 싶습니다.

그렇다면 우리가 흔히 쓰는 말,
'장미꽃에도 가시가 있다'는 속담은
본질을 호도한 잘못된 말이 아닐 수 없습니다.
장미의 주체는 가시 많은 가지요,
꽃은 그 가지가 피워 올린 치장에 불과하니까요.

그러니 장미꽃에 가시가 있는 게 아닙니다.
가시 투성이의 나무에서도

장미같은 꽃이 피는 것입니다.

생각해 보면
우리네 인생 또한 마찬가지입니다.

힘들고 고달픈 가시 투성이의 삶일지라도
참고 견디다 보면
언젠가는 장미처럼 아름다운 꽃을 피울 수 있습니다.
저 가시나무가 그러하듯 말입니다.

플라시보 효과

제가 가지고 배우는 클래식기타의 브랜드입니다.
어찌어찌해서 우연찮게 제게 넘어온 데다
기타에 대해 아는 게 없는지라
저 표식이 있어도 크게 신경 쓰지 않았습니다.

그러다 최근에 손을 좀 봐야겠다는 생각이 들어
인터넷을 검색해 보다가 깜짝 놀랐습니다.
엄상옥이란 분이 국내 최초의 기타 장인인데
제가 가지고 있는 저 기타가
1992년 그분이 스무 번째로 만든 것이었습니다.

국내 최초의 장인이 만든 스무 번째 수제 기타.
생각만 해도 가슴이 찌릿찌릿했습니다.
떨리는 손으로 다시 줄을 튕겼습니다.
소리가 한층 맑고 낭랑했습니다.

아시다시피 달라진 것은 아무 것도 없습니다.

매일 치던 그 기타요 그 줄입니다.

그런데도 분명 소리가 다릅니다.

무슨 그런 말도 안 되는 소리를 하느냐 하시겠지만

그래도 어쩔 수 없습니다.

제 귀에는 분명 다르게 들리니까요.

이같은 현상은 실험으로도 증명이 됩니다.

플라시보 효과라는 것이 그것입니다.

흰 밀가루의 가짜 약을 의사가 명약이라며 먹였더니

실제로 효과가 나타나더라는 것입니다.

마음이 실체에 영향을 미친다는 제 얘기가
허황된 궤변만은 아니라는 입증이 아니겠습니까.
할 수 있다고 생각하면 생기는 할 수 있는 힘.
그 긍정의 힘 또한 마찬가지 아니겠습니까.

그러니 언제 어떤 상황에 처하더라도
끝까지 움켜잡고 놓지 말아야 할 것은
낙관적인 마음이요, 긍정적인 자세일 것입니다.

그것만 있으면
언제라도 다시 시작할 수 있으니까요.
환경을 바꾸고 세상을 바꾸는 삶의 변화.
그것은 바로 그 마음에서 시작될 것이니까요.

했더라면

이 아침에 또다시 라면을 끓입니다.
어젯밤 공동체 모임에서 마신 술 때문입니다.

언제부턴가 술 마신 다음날 아침이면
라면으로 해장을 하는 습관이 생겼습니다.
신라면의 맵고 얼큰한 국물이나
나가사끼짬뽕의 칼칼하고 시원한 국물이
쓰린 속을 달래는 데 그만이기 때문입니다.

덕분에 어쩌다 마트에 가게 되면
가장 많이 찾는 것이 라면입니다.
특히 새로 출시된 라면이 보이면
어김없이 장바구니에 집어 넣습니다.

그렇게 라면광(?)이라 할 수 있는 저도
싫어하는 라면이 하나 있습니다.
바로 했더라면입니다.

그 놈의 라면은 맛도 더럽게 없는 데다
해장은커녕 쓰린 속을 더 휘저어 놓습니다.

그런데도 제가 제일 무서워하는 어느 분은
옆에서 수시로 그 했더라면을 끓여냅니다.
안양에 그냥 있었더라면부터 시작해
우리도 아로니아를, 사과를 했더라면까지
마음이 조금 뒤틀리기만 하면 어김이 없습니다.

그럴 때면 저도 마지 못해 한 술 뜨지만
이내 수저를 내려놓고 조용히 물러납니다.
여차하면 제 입맛마저 버릴 수 있기 때문입니다.
그러니 다른 것은 몰라도 그 했더라면만은
아예 제조를 금지시키는 것이 좋을 것 같은데…….
글쎄요, 제 힘으로는 너무 미약하고 부족하니
님께서 힘을 보태 주시면 고맙겠습니다.

카르페 디엠

마당가를 거닐다 보았습니다.
눈 녹은 물기가 남아있는 자갈 틈에서
노랗게 얼굴을 내밀고 있는 저 꽃을.

이렇게 추운 겨울에도 꽃이……?
눈으로 직접 보면서도 믿기지가 않아
눈을 더 크게 뜨고 주변을 살펴 보았습니다.

그렇게 보니 한둘이 아닙니다.
키를 낮추고 납작 엎드린 탓에 잘 보이지는 않지만
민들레마다 작고 예쁜 꽃이 노랗게 피어 있습니다.

그러고 보면 민들레는 정말
때도 장소도 가리지 않는 것 같습니다.

따스한 봄날에도, 눈발이 날리는 한겨울에도
빽빽한 나무 사이에서도, 흙 한 줌 없는 자갈밭에서도

꽃을 피우고 홀씨를 맺으니 말입니다.

카르페 디엠.
'지금 이대로의 나를 즐긴다'는 라틴어의 그 말이
어쩌면 저 민들레를 두고 하는 것인지도 모르겠습니다.

밟혀도 밟혀도 다시 일어서는
민들레의 끈질긴 생명력 또한
어떤 상황에서도 자신을 받아들이고 즐기는
저 카르페 디엠의 습성 덕분인지 모르겠습니다.

그런 민들레를 보고 있자니
자연스레 제 자신을 뒤돌아 보게 됩니다.
나는 과연 저 민들레처럼
어떠한 상황도 받아들이고 즐길 수 있는지…….
조금만 추워도 날씨를 탓하고,
무엇 하나 부족해도 신세를 탓하며
얼굴을 찡그리고 원망이나 퍼붓고 있는 것은 아닌지…….

카르페 디엠.
이제는 제 자신을 향해 전하는,
매일 아침의 인사말로 삼아야겠습니다.

더께

주방에서 뭔가를 찾다가 보게 되었습니다.
냉장고 위에 뽀얗게 내려앉은 저 먼지를.
집을 지어 입주한 뒤 제대로 한번 닦지 않았으니
모르긴 해도 3년 넘게 쌓인 먼지 더께입니다.

인적이 드문 태화산 산중이라 해도
먼지는 생기고 날리게 마련입니다.
유리알 같이 맑고 깨끗한 곳이라 해도
시간이 지나면 쌓이고 덮힐 수밖에 없습니다.
그러니 수시로 점검하고 확인해야 합니다.
물수건으로 훔치고 휴지로 닦아내야 합니다.
그래야 더께로 굳어지는 것을 막을 수 있습니다.

알고 보면 먼지는 우리네 마음에도 쌓입니다.
험하고 고달픈 세상을 살다 보면
저 냉장고 위처럼 마음 위에 뽀얗게 내려앉습니다.

그러니 수시로 가슴속을 들여다봐야 합니다.
닦아내고 훔쳐내야 합니다.
그래야 먼지가 쌓여 더께가 되는 것을 방지하고
맑고 깨끗한 마음을 간직할 수 있습니다.

올 한 해도 얼마 남지 않았습니다.
뒤돌아보면 지난 일 년 동안 먹고 사는 데 바빠
마음에는 그다지 신경을 쓰지 못했습니다.
그러니 올해가 다 가기 전에 시간을 내
지난 일 년을 반추하며 마음도 들여다봐야겠습니다.
물수건과 휴지도 몇 장 꺼내 들고
그동안 쌓인 먼지를 깨끗히 닦고 훔쳐야겠습니다.

그렇게 올 한 해 쌓인 먼지는 올해 다 닦아내고
보다 맑고 깨끗한 마음으로
다가오는 새해를 맞이해야겠습니다.

책 욕심

산중에 살면서 욕심을 많이 버렸지만,
버리지 못한 두 가지가 있습니다.
전에도 언급한 술 욕심이 하나요,
또 하나는 이맘 때면 더욱 커지는 책 욕심입니다.

가끔씩 시내에 있는 도서관을 찾게 되면
저도 모르게 마음이 급해집니다.
평소에 읽고 싶었던 책도 많고,
새로 나온 책도 많기 때문입니다.
그래서 욕심을 내 서너 권씩 대출을 하지만
제대로 읽는 것은 솔직히 한두 권도 되지 않습니다.

마음이야 하루 종일 책만 붙들고 있었으면 합니다.
특히 요즘처럼 한파가 몰아치는 날에는
구들방에 이불 뒤집어 쓰고 뒹굴며
원없이 책이나 읽으면 좋으련만
한겨울에도 뭔 놈의 일이 그렇게 많은지…….

낮에는 조합에 나가 청국장 만드는 거 거들고,
밤에는 이런저런 서류 작성에 매달리다 보면
한 권도 다 읽지 못했는데
반납하라는 문자가 날아옵니다,

'그래, 욕심 부리지 말고 꼭 읽을 거 한 권씩만 빌리자.'
제대로 읽지도 못한 책을 반납하러 갈 때면
마음 속으로 그렇게 다짐을 하곤 합니다.

하지만 막상 서고에서 책을 고를 때면
마음이 바빠져 꼭 서너 권씩 빼어드니
이 미련한 욕심을 어찌하면 좋겠습니까?

명당?

제가 사는 태화산의 서남쪽 자락,
영월군 남면에 있는 연당5리의 풍경입니다.
골짜기를 따라 형성된 길쭉한 마을이라
사진으로는 제대로 담을 수 없음을 먼저 밝힙니다.

그런데도 굳이 여기에 올려 소개하는 것은
이곳이 꽤나 유명한 마을이기 때문입니다.
기껏해야 몇십 가구 모여 사는 산골이지만
지난 십 년 동안 열 명의 박사를 배출해
영월의 박사마을로 알려진 곳입니다.
영화배우 유오성의 고향마을이기도 합니다.

박사가 뭐 그리 대단한 거냐, 하실 수 있지만
그래도 한 분야에서 일가를 이룬 것을 감안하면
이런 오지에서 열 명의 박사가 나왔다는 것은
누가 보더라도 특별한 일이 아닐 수 없습니다.

그래서일까요.
일이 있어 이 마을을 지나갈 때면
제 머릿속에는 풍수라는 단어가 떠오릅니다.
산과 물과 땅의 기운이
사람에게도 영향을 미친다는 풍수지리.

젊었을 때는 솔직히 콧방귀도 뀌지 않았지만
나이가 들수록 무시할 것도 아니라는 생각이 듭니다.
소위 말하는 명당에서 좋은 기운을 타고나면
뭐가 달라도 다를 것이란 생각마저 듭니다.
저 박사마을처럼 말입니다.

풍수로 보면 제가 사는 설화골 또한
저 마을보다 나으면 나았지 못하지 않습니다.
뒤에는 태화산의 정상이 우뚝 솟아 있고,
앞에는 남한강이 흐르고,
양 옆으로 경사가 심한 산자락이 막아서 있고…….

배산임수에 좌청룡 우백호까지 갖춘 지형이니
풍수를 모르는 사람도 고개를 끄떡일 수 밖에 없는
태화산의 명당이 아닐 수 없습니다.

그러니 이곳에서 태화산의 정기를 받고 태어나면
한 분야에서 일가를 이루는 큰인물이 될 것도 같아
어떻게 늦둥이라도? 하는 생각이 들 때도 있지만
반백을 넘긴 나이에 주책맞게 그럴 수도 없으니…….
하나 있는 아들에게 은근히 기대를 걸고 있는데,
글쎄요, 녀석이 그런 아비의 마음을 알지 잘 모르겠습니다.

아랫목?

저희집 안방입니다.

아궁이에 나무를 때는 구들방입니다.

등을 대고 누우면 찜질을 하듯 절절 끓는 방바닥.

요즘같은 한겨울에는 더 바랄 것이 없습니다.

구들방 하면 자연스레 아랫목이 떠오릅니다.

불을 때는 아궁이 바로 위의 아랫목.

그 아랫목이 뜨거워져야 불기운이 윗목으로 퍼지기 때문입니다.

그러니 같은 구들방이라도 아랫목과 윗목은 차이가 많습니다.

아랫목은 절절 끓어도 윗목은 미지근하고,

심하면 다른 방처럼 한기가 느껴질 때도 있습니다.

간접 전달 방식의 한계입니다.

하지만 그것은 예전의 구들방입니다.

요즘에는 아랫목이나 윗목이나 별 차이가 없습니다.

불을 지피면 불기운이 사방으로 퍼지도록

구들의 구조를 바꿨기 때문입니다.

화력이 아랫목에 집중되지 않고

방 구석구석에 골고루 퍼질 수 있도록

사방으로 돌아가며 벽돌로 불길을 내

아랫목이나 윗목이나 별 차이가 없습니다.

저희집 또한 그런 방식입니다.

경제에 '낙수효과'라는 말이 있습니다.

윗그릇의 물이 넘쳐야 아랫그릇에 떨어지는 것처럼

대기업이 성장해 파이를 키우고 수익을 높여야
그 효과가 중소기업과 서민들에게까지 미친다는 이론입니다.
대기업 중심의 경제정책에 단골메뉴로 등장하는
예전의 구들방과 같은 이론입니다.

하지만 아랫목이 뜨거워져야 윗목으로 퍼지는
예전의 구들방 구조가 수명을 다한 것처럼
낙수효과 또한 지금의 우리 경제에는 맞지 않는 것 같습니다.
양극화가 갈수록 심해지고 있으니까요.

그러니 할 수만 있다면 구조를 바꿔야 합니다.
윗그릇을 통한 간접 전달 방식이 아니라
사방의 그릇에 물을 골고루 뿌려주는
직접 전달 구조로 말입니다.

그래서 저 저희집 구들방처럼
윗목과 아랫목이 별 차이가 없게 만드는 것.
그것이 오늘의 국가 지도자에게 주어진 시대의 소명 같은데…….
글쎄요, 기대를 해도 될지는 솔직히 잘 모르겠습니다.

편법

일 년 전 처음 기타를 배우기 시작했을 때
코드 잡기가 무척이나 힘들었습니다.
손가락을 벌리기도 힘들고,
벌린 손가락으로 줄을 누르기는 더 힘들었습니다.

그래도 계속 반복하다 보니
시간이 지나면서 기본코드는 손에 익었는데
그 중에 하나, F코드는 예외였습니다.

검지 손가락으로 여섯 줄을 다 누르면서
나머지 세 손가락으로 각각의 줄을 눌러야 하는 F코드.
연습을 반복해도 제대로 눌러지지 않았고,
억지로 눌러도 제 소리가 나지 않았습니다.

고민 끝에 편법을 익혔습니다.
연주시 맨 윗줄은 거의 치지 않는다는 데 착안,
검지로 아래 두 줄만 누르는 방식이었습니다.

그래도 원래의 F코드와 비슷한 소리가 나기 때문에
초보자들이 많이 활용하는 방법이었습니다.

그렇게 잡으니 한결 수월했습니다.
그래서 그 방식으로 연습을 했고,
덕분에 기본코드는 웬만큼 숙달이 되었습니다.

문제는 그 다음이었습니다.
기본코드 다음으로
Bm Cm Gm 같은 m코드가 많이 쓰이는데
F처럼 검지로 6줄을 누르고 치는 코드였습니다.
게다가 F처럼 편법이 가능한 코드도 아니었습니다.

기타를 치려면 반드시 익혀야 할 코드지만
F를 편법으로 익혔으니
그 코드가 제대로 잡히겠습니까?

'힘들더라도 처음부터 제대로 잡았더라면…….'
그렇게 싫어하는 했더라면을 또다시 끓이며
요즈음 힘들게 다시 익히고 있습니다.

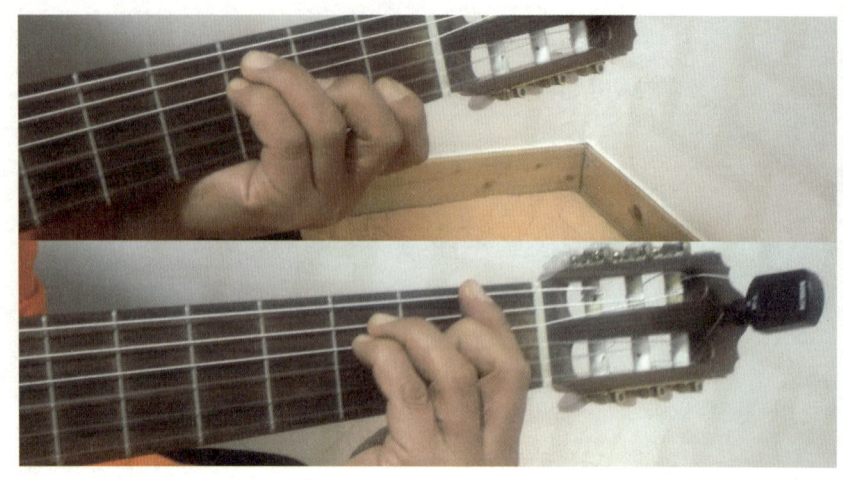

편법이란 그런 것 같습니다.

막다른 상황에서 어쩌다 한두 번 쓰는 것이지

정법을 대신할 수 있는 것은 아닌 것 같습니다.

그러니 편법이라 하는 것이 아니겠습니까?

그렇습니다.

편법은 편법일 뿐 정법이 아닙니다.

쉽고 편하다고 남용하게 되면

오히려 더 큰 불편과 어려움을 야기하게 됩니다.

아직도 잡기 힘든 F코드가 가르쳐 준 삶의 교훈입니다.

두려움

대출도서를 반납하라는 문자를 받고
다 읽지도 못한 책을 들고 도서관을 찾았습니다.

'연말이라 바쁘니 이번에는 빌리지 않는 게……'
하는 마음으로 책만 반납하고 돌아서려는데
옆에 있는 신간코너가 눈에 확 들어왔습니다.
연말이라 한꺼번에 구매를 했는지,
새 책이 평소보다 훨씬 많았습니다.

그러니 어찌 그냥 돌아설 수 있겠습니까?
스캔을 하듯 차례차례 제목을 훑어보는데
너무나 낯익은 책이 하나 눈에 띄었습니다.
지난 9월 발간된 제 책, 『태화산 편지』였습니다.

분류표를 달고 도서관 책장에 꽂혀 있는 제 책.
보는 순간 참 많은 감정이 교차했습니다.
반갑고, 설레고, 기쁘고, 뿌듯하고, 대견스럽고…….

하지만 마지막까지 남은 감정은 두려움이었습니다.

저곳에 꽂혔으니 못해도 수십 년은 갈 것인데,
그러니 십 년, 이십 년 뒤에도 누군가 읽을 수 있는데,
죽을 때까지, 어쩌면 그 뒤에도 나를 따라다니는
내 꼬리표가 될 것인데…….

책을 낸다는 것은,
무엇인가를 남긴다는 것은
분명 멋지고 의미있는 일일 것입니다.

하지만 한번 나오면 빼도 박도 못하니,
죽을 때까지 꼬리표처럼 뒤를 따라다니니
신중함을 넘어 두렵다는 생각마저 듭니다.

그만큼 나는 저 책에 최선을 다했는가?
활자의 매력에 끌려 경솔하고 서두르진 않았는가?
저기 저렇게 꽂혀 있기에 부끄럽지 않은가……?

성탄절을 하루 앞둔 크리스마스 이브.
조금은 두려운 마음으로 저 책을,
그리고 매일 아침의 이 편지를 뒤돌아보는,
제게는 그런 하루가 될 것 같습니다.

밤안개

며칠 전 부슬부슬 겨울비가 내리던 날입니다.
일이 있어 밖에 나갔다가 늦어지는 바람에
한밤중에 배틀재란 큰 고개를 넘어오게 되었습니다.

평지를 달릴 때는 그러지 않았는데
차가 고개를 오르기 시작하자
갑자기 자욱한 밤안개가 앞을 가렸습니다.

그렇지 않아도 꼬불꼬불한 산길이라
앞을 주시하며 천천히 오르는데
오를수록 안개가 더욱 짙고 두터워져
차 바로 앞의 길도 제대로 보이질 않았습니다.

구질구질 겨울비가 내리는 캄캄한 밤에
안개에 묻혀 앞도 보이지 않는 고갯길을
기어가듯 스멀스멀 혼자서 넘어가고 있자니
섬뜩한 기운에 머리칼이 다 곤두섰습니다.

정신 바짝 차려야 한다.
이를 악물고 핸들을 꽉 움켜잡았지만
차가 올라가는지 내려가는지조차
제대로 분간이 되지 않았습니다.

그렇게 엉금엉금 고개를 넘고 나니
저도 모르게 이마에 식은땀이 맺혔습니다.
앞이 보이지 않는다는 게
얼마나 불안하고 무서운 것인지
그때 처음으로 실감했습니다.

혼용무도昏庸無道.

교수신문이 뽑은 올해의 사자성어라고 합니다.

나라 상황이 암흑에 뒤덮인 것처럼

어지럽고 혼란스럽다는 뜻이랍니다.

어쩌면 그날밤 제가 겪은 밤안개,

그와 같은 상황을 가리키는 것인지도 모르겠습니다.

배틀재의 밤안개도 섬뜩했는데

나라 전체가 그런 상황이라니…….

제 마음조차 혼용무도가 된 것 같아

무슨 말을 해야 할지 생각이 나질 않습니다.

밤안개는 그래도 시간이 지나면 걷히는데

이 나라의 혼용무도도 새해가 되면 바뀔는지…….

선거를 앞두고 바꾸겠다는 사람들은 많은데

글쎄요, 그 말의 한 조각이라도 믿어야 될지…….

한 해를 보내는 마음이 그렇게 편치가 않습니다.

장터

일이 있어 읍내에 나갔는데 때마침 장날이었습니다.
딱히 사야 할 물건이 있는 것이 아니었지만
일이 끝나자 발길은 자연스레 장터로 향했습니다.

올해 마지막 장이라 그런지
추운 날씨에도 장터는 사람들로 붐볐습니다.
손님을 부르는 장돌배기들의 구수한 입담에
깎아달라, 안 된다, 돈 천 원을 놓고 벌이는 흥정,
배추전에 막걸리 한잔 걸치는 왁자지껄한 소리…….

두 손을 주머니에 찔러 넣고 어슬렁거리며
장터 곳곳을 한참이나 돌아다녔습니다.
무엇 하나 산 물건은 없었지만
마음은 그래도 가볍고 즐거웠습니다.

사람 냄새가 나고 사는 맛이 느껴지는 곳.
오일장은 제게 그런 곳으로 남아 있습니다.

그저 구경하며 돌아만 다녀도

마음에 위안이 되고 활기가 느껴지는 곳 말입니다.

그러니 어찌 찾지 않을 수 있겠습니까?

지난 한 해

님들과 함께한 이 〈태화산 편지〉 또한

제게는 저 장터와 같은 곳이었습니다.

틈나는 대로 들어와 둘러보면
사람 냄새가 나고 사는 맛이 느껴지는 곳,
별 특별한 것이 없어도
마음에 위안이 되고 삶의 활기가 느껴지는…….

그래서일까요.
저 또한 힘들고 고달플 때는
이곳을 배회하며 위안을 얻고 용기를 얻었습니다.
님께서 마음으로 함께하고 성원해 주신 덕분입니다.

제게
그런 위안과 용기를 주셔서 정말 고맙습니다.
새해 복 많이 받으십시오.